Le secret d'un inconnu

LYNNE GRAHAM

Le secret d'un inconnu

Traduction française de
ANNE-LAURE PRIEUR

AZUR

HARLEQUIN

Collection : Azur

Titre original :
A BABY ON THE GREEK'S DOORSTEP

HARPERCOLLINS FRANCE
83-85, boulevard Vincent-Auriol, 75646 PARIS CEDEX 13
Service Lectrices — Tél. : 01 45 82 47 47 - www.harlequin.fr
ISBN 978-2-2804-5456-8 — ISSN 0993-4448

Composé et édité par HarperCollins France.
Imprimé en octobre 2021 par CPI Black Print (Barcelone)
en utilisant 100% d'électricité renouvelable.
Dépôt légal : novembre 2021.

FSC
www.fsc.org
MIXTE
Papier issu de sources responsables
FSC® C159065

Pour limiter l'empreinte environnementale de ses livres, HarperCollins France s'engage à n'utiliser que du papier fabriqué à partir de bois provenant de forêts gérées durablement et de manière responsable.

1.

Alastor Sarantos ignora la mine réprobatrice de son chef de la sécurité, à qui il venait d'annoncer qu'il n'aurait pas besoin de son chauffeur, ni de ses gardes du corps.

— Vous savez quel jour nous sommes, se contenta-t-il de lui rappeler.

— Pour un homme de votre position, monsieur, ce n'est pas prudent.

— J'en prends bonne note. Mais cela ne change rien.

Depuis cinq ans, sans exception, Alastor, dit Tor, sortait seul ce soir-là. Cette date marquait un anniversaire particulier : celui de la mort de sa femme et de sa fille. Ce n'était pas par sentimentalité qu'il commémorait ce jour, mais parce que ce qui était arrivé à Katerina et Sofia représentait son pire échec. C'était sa colère et son orgueil qui avaient conduit à cette terrible tragédie. Jamais, en son âme et conscience, il ne s'autoriserait à l'oublier. Par respect pour sa famille défunte, un jour par an, il s'imposait cette punition. Deux vies avaient été perdues par sa faute. Deux vies qui auraient pu être sauvées, si seulement il avait été capable de pardon.

Une qualité absente de son caractère. Bien qu'ayant grandi au sein d'une famille aimante, Tor avait une réputation d'homme dur et sans pitié. Rien d'étonnant pour un banquier milliardaire. Véritable requin de la finance, il était courtisé tant par des gouvernements que par de riches investisseurs privés. Un succès en affaires qui contrastait avec le fiasco de sa vie personnelle. Mais ce secret-là, il l'emporterait dans sa tombe. Plus jamais il ne se rendrait aussi vulnérable.

C'était pour cette raison qu'il allait rarement voir sa famille en Grèce. Pour éviter Sevastiano, son demi-frère italien, mais aussi parce qu'il détestait les encouragements de plus en plus fervents de ses proches à « tourner la page ». À chacune de ses visites, il avait droit à un défilé de jeunes femmes bien sous tous rapports lors de soirées organisées par ses parents, et ce malgré sa volonté affichée de ne pas se remarier. De jeune père heureux en ménage, il s'était métamorphosé en play-boy invétéré, connu à travers toute l'Europe pour ses liaisons torrides sans lendemain. À vingt-huit ans, il n'était plus l'idéaliste naïf d'autrefois. Mais sa famille s'obstinait à nier ce changement.

Ses parents, bien sûr, étaient amoureux comme au premier jour, convaincus que le bonheur était à portée de chacun. Tor préférait les laisser vivre dans leur bulle. Il ne serait pas le trouble-fête qui leur apprendrait quelle trahison avait empoisonné leur propre cercle familial à l'insu de tous. Confiance et innocence étaient des qualités précieuses. Une fois perdues, elles l'étaient pour toujours. Tor l'avait appris à ses dépens.

Avec un soupir, il retira sa Rolex et ses boutons de manchette en or, signes extérieurs de richesse, et opta pour une tenue anonyme : jean délavé et veste en cuir. Ce soir, il irait seul dans un bar ruminer le passé et noyer sa culpabilité dans l'alcool jusqu'à ne plus tenir debout, avant de rentrer en taxi. Ni plus ni moins. Oublier et aller de l'avant serait une délivrance imméritée. Sa conscience le lui interdisait.

Dix-huit mois plus tard

Tor fronça les sourcils en voyant sa gouvernante surgir dans tous ses états sur le seuil de son bureau.

— Un problème ? demanda-t-il.

— Un bébé vient d'être abandonné devant votre porte, monsieur, l'informa Mme James avec agitation.

Tor crut avoir mal entendu.

— Un *bébé* ?

— Un garçon d'environ neuf mois. La sécurité passe en revue les vidéos de surveillance.

Elle s'avança dans le bureau, l'air gênée.

— Il y avait une note. Elle vous est adressée, monsieur.

— À *moi* ?

La stupeur de Tor redoubla. En effet, c'était bien son nom écrit au feutre noir sur l'enveloppe que lui tendait la gouvernante. Il la décacheta. Le message à l'intérieur était bref.

Cet enfant est le vôtre.
Occupez-vous-en.

Une erreur, de toute évidence. Néanmoins… Tor avait trois jeunes frères, qui avaient tous séjourné dans son appartement de Londres récemment. Et si cet enfant se révélait être son neveu ? La mère avait dû être au désespoir pour abandonner son bébé et s'enfuir.

— Dois-je appeler la police ? demanda Mme James.

— Non. Pas encore.

Si sa famille était bien impliquée, mieux valait faire

preuve de discrétion et éviter toute fuite médiatique susceptible de créer un scandale.

— Je m'occupe de la situation, dit-il.

— Entendu. Que dois-je faire en attendant ?

— À quel sujet ?

— Le bébé, monsieur, lui rappela la gouvernante. Je n'ai aucune expérience avec les jeunes enfants.

Tor réfléchit un instant.

— Contactez une agence fiable, qu'ils nous envoient une nourrice en urgence, lui intima-t-il. Je me charge du reste.

Un bébé… Aucun risque qu'il soit le sien. Mais quelle forme de contraception était réellement sûre à 100 % ? Des accidents, cela arrivait. Ils pouvaient même être volontaires avec certaines femmes manipulatrices. Des histoires de préservatifs troués à l'aide d'une épingle et autres ruses répugnantes lui étaient parvenues aux oreilles. Sûrement des rumeurs infondées. Personne dans son entourage n'en avait jamais fait l'expérience. Pourtant, un souvenir le mettait mal à l'aise. Celui de cette fille hystérique qui avait forcé le passage dans son bureau, l'année précédente…

Dix-huit mois plus tôt

Pixie poussa la porte de la villa cossue qu'elle occupait temporairement. Plusieurs autres personnes y cohabitaient, toutes riches et ultra-chics. Étudiante infirmière sans le sou, Pixie avait conscience de sa chance de profiter d'un tel luxe, et ce pour deux semaines complètes ! Une échappatoire bienvenue à l'ambiance délétère chez elle, où vivaient également son frère et sa compagne. Hélas !

le couple était en pleine séparation. La petite maison mitoyenne n'offrait guère d'intimité, et les disputes incessantes de Jordan et d'Eloise devenaient de plus en plus difficiles à vivre.

C'est donc avec plaisir qu'elle avait accepté la demande de Steph, la sœur mannequin d'une amie, de s'occuper de son précieux chaton siamois à domicile le temps d'un déplacement à l'étranger. Pixie s'était étonnée que Steph ne compte pas sur ses colocataires. Dès son installation, elle avait compris pourquoi. Chacun vivait sa vie de son côté, allant et venant sans se préoccuper des autres. Pour le partage et l'ambiance conviviale, elle repasserait.

Mais elle ne se plaignait pas. Elle disposait d'une vaste et confortable chambre dotée de sa propre salle de bains, avec la seule mission de prendre soin d'un adorable chaton. Une aubaine ! Surtout en cette période chargée de dernière année où elle enchaînait les gardes de douze heures. Un bon bain chaud, voilà ce qu'il lui fallait, décida-t-elle en filant droit dans sa chambre, où Coco lui fit la fête après une journée à se morfondre seul.

Machinalement, Pixie ouvrit le robinet de la baignoire, encore déboussolée par une expérience éprouvante. Aujourd'hui aux urgences, elle avait affronté son premier décès. Une jeune femme pourtant en bonne santé. Rien n'aurait pu la préparer à cela. *Ressaisis-toi !* se sermonna-t-elle. Son travail consistait à assurer les soins physiques et à gérer les proches en détresse avec le plus d'empathie possible. En ce sens, elle avait fait de son mieux et s'en félicitait. Ce qui se passait à l'hôpital restait à l'hôpital. Des décès, elle en vivrait d'autres, c'était inévitable. Elle devait apprendre à s'endurcir. Mais à vingt et un ans, peut-être était-elle encore trop marquée par la perte de ses parents survenue six ans plus tôt. Elle peinait à banaliser la mort, même dans sa profession.

Après son bain, elle enfila directement son pyjama afin d'être plus à l'aise. Ses colocataires ne rentreraient pas de leurs fêtes branchées avant plusieurs heures. D'autres étaient en déplacement. Souvent, en début de soirée et tôt le matin, elle avait la villa pour elle toute seule. Un avantage de ses horaires décalés. Dans la cuisine, elle n'alluma que le luminaire suspendu au-dessus de l'îlot central. Décidément, elle adorait cette pièce. Design moderne, équipements sur mesure, sans oublier l'extension aménagée en solarium donnant sur la cour… Une vraie cuisine de magazine ! Parfois, elle se prenait à rêver que cette maison était la sienne et qu'elle préparait à manger pour l'homme de sa vie…

Tu parles ! Elle grimaça devant son reflet dans la porte vitrée. La silhouette plantureuse. Les cheveux verts. Verts ! Qu'est-ce qui lui était passé par la tête ? La compagne de son frère, la très extravertie Eloise, l'avait convaincue de se faire une coloration, un jour où elle avait le moral à zéro. Son béguin au travail ignorait jusqu'à son existence. Antony était ambulancier, sociable et gentil avec tout le monde. Le petit ami idéal à ses yeux.

Mais la teinture verte… Très mauvaise idée. Surtout quand Pixie s'était aperçue qu'elle ne partait pas malgré les shampoings. Ce n'est qu'alors qu'elle avait lu dans les instructions que cette teinture était déconseillée pour les cheveux blonds. Pixie haïssait ses boucles blondes depuis que ses camarades l'avaient surnommée « caniche » à l'école. Y compris ses supposés amis. Sa nouvelle couleur était pire. Tous à l'hôpital, de sa formatrice à ses supérieurs, en passant par ses collègues, lui avaient fait comprendre que les cheveux verts passaient mal dans le cadre professionnel. Pixie n'avait pas les moyens de se payer un bon coiffeur. Son stage n'était pas rémunéré, et ses horaires ne lui permettaient pas de prendre un petit travail à côté.

Préoccupée, elle entreprit de se préparer un croque-monsieur. Un repas à la hauteur de ses maigres moyens. Un bruit attira son attention alors qu'elle allumait le gril. Sans doute Coco qui jouait avec sa balle dans sa chambre, voisine, supposa-t-elle. Comme tous les chatons, il ne tarderait pas à se fatiguer et à se rouler en boule dans son panier.

Tout en mettant la cafetière en marche, elle songea à son retour chez Jordan et Eloise ce week-end. Elle détestait tenir la chandelle dans leur relation. Mais elle n'avait nulle part ailleurs où vivre. Pour ne rien arranger, Jordan avait été renvoyé après une histoire de note de frais, considérée comme une fraude plutôt qu'une simple erreur par son employeur. Toutes ses disputes avec Eloise concernaient l'argent, car il n'avait toujours pas retrouvé de travail. Face aux factures qui s'accumulaient, Pixie s'en voulait d'autant plus d'être un fardeau.

Jordan était devenu son tuteur légal suite au décès de leurs parents. Elle avait quinze ans et lui, vingt-trois. Il aurait très bien pu la confier aux services sociaux puisqu'ils n'étaient que demi-frère et sœur, nés de deux mères différentes. Leur père avait en effet été marié une première fois et avait perdu sa femme, avant de rencontrer la mère de Pixie. Mais Jordan ne l'avait pas abandonnée. Et cela n'avait pas été facile de convaincre les autorités qu'il saurait s'occuper de sa sœur adolescente. Pixie lui devait beaucoup. C'était lui qui avait financé sa scolarité ainsi que ses études d'infirmière en plus de veiller sur elle.

— Cela sent bon, par ici…

Pixie sursauta, arrachée à ses réflexions par une voix inconnue. Elle fit volte-face. Un homme la regardait depuis un fauteuil dans le solarium, apparemment là depuis le début. Dans la pénombre, elle ne l'avait pas remarqué.

« Est-ce que tu t'es fait mal en tombant du paradis ? » Sans doute la phrase de drague la plus ringarde qu'on lui ait jamais adressée. Mais cet homme pouvait bien en être l'inspiration avec sa beauté ténébreuse d'ange déchu. Il y avait quelque chose de quasi surnaturel dans sa perfection masculine. Le cœur de Pixie battait encore la chamade après sa frayeur. Chassant cette pensée, elle s'avança d'un pas, transpercée par le regard pénétrant de l'inconnu.

— Je ne vous avais pas vu. Qui êtes-vous ? demanda-t-elle poliment.

Elle ne voulait pas prendre le risque d'offenser un ami des colocataires de Steph.

— Je m'appelle Tor, se présenta-t-il. J'ai dû m'endormir avant d'appeler un taxi pour rentrer chez moi.

— Je croyais être seule. Je viens de rentrer du travail, expliqua Pixie. Qui êtes-vous venu voir ?

L'inconnu fronça les sourcils.

— Désolé, j'ai oublié son nom. Une rousse tout en jambes avec un rire agaçant…

Pixie réprima son amusement.

— Saffron. Pourquoi vous a-t-elle laissé seul ici ?

Il haussa les épaules.

— Elle est partie en claquant la porte. Elle était furieuse que je l'aie repoussée.

— Vous avez repoussé *Saffron* ?

Pixie peinait à le croire. Aspirante actrice, la jeune femme faisait tourner les têtes avec son physique de rêve.

— C'est un malentendu, précisa Tor. Je croyais venir

à une fête. Elle avait d'autres projets. Désolé, je suis ivre. Je ne sais plus ce que je dis.

Lui, ivre ? Elle avait vu mille fois pire aux urgences. La plupart tenaient à peine debout et juraient tous les deux mots. Cet homme s'exprimait avec courtoisie et une diction irréprochable. Il avait même assez de présence d'esprit pour tenter d'atténuer la mauvaise impression qu'il avait pu donner en parlant d'avoir repoussé Saffron. La jeune femme avait dû ressortir, vexée par cet affront. Pixie était impressionnée malgré elle. Elle n'aurait jamais cru qu'il existe un homme insensible aux charmes de la sculpturale rousse.

— Qu'est-ce que vous cuisinez ? demanda Tor.

— Un croque-monsieur.

Pixie ouvrit le gril, dispersa la vapeur de la main et approcha son assiette.

— Cela met l'eau à la bouche…

— Vous en voulez un ? proposa-t-elle.

Bon sang, qu'est-ce qui lui prenait ? Elle se serait giflée ! Elle ne le connaissait pas et ne lui devait rien. Eloise l'avait prévenue : elle était trop mère poule, le genre de femme dont les hommes profitaient. Elle n'avait pas tort. Pixie aimait faire plaisir aux gens et prendre soin d'eux. Tendre la main satisfaisait un besoin en elle dont Eloise craignait qu'il ne se retourne un jour contre elle.

— Volontiers. Je meurs de faim !

Il lui sourit, et soudain le monde cessa de tourner. Plus rien n'existait que ce sourire qui le rendait encore plus séduisant. Des papillons s'envolèrent dans son bas-ventre. *Cesse de faire l'idiote !* se fustigea-t-elle en poussant vers lui l'assiette avec le croque-monsieur.

— Prenez celui-là. Je vais m'en faire un autre, bredouilla-t-elle.

Il s'approcha de l'îlot et s'installa sur l'un des hauts tabourets. Elle sentait son regard sur elle telle une brûlure au fer rouge tandis qu'elle s'affairait avec le gril. Jamais Antony ne lui avait fait cet effet-là. Sous les yeux de cet inconnu, elle se sentait femme pour la première fois.

Drôles de cheveux, songeait Tor en étudiant le chaos de boucles vert pâle dansant sur les épaules de son hôte. Étonnamment, ce style lui seyait. Elle avait un teint de pêche, des lèvres en pétales de rose et les yeux les plus bleus qu'il ait jamais vus. Mais elle était si petite ! Elle disparaissait presque totalement derrière l'îlot.

— Combien mesurez-vous ? demanda-t-il avec curiosité.

La jeune femme se braqua.

— Un mètre cinquante. Nous ne sommes pas des géants, dans ma famille.

— Et quel âge avez-vous ?

— Pourquoi cette question ?

— Je suis un inconnu, et vous paraissez jeune. J'aimerais savoir si je tiens compagnie à une enfant…

— J'ai vingt et un ans, grommela-t-elle. Je suis une adulte indépendante et bientôt une infirmière diplômée. Rassuré ?

— Vingt et un ans, c'est très jeune, remarqua-t-il.

— Et vous, vieux débris ? Quel âge avez-vous ? ironisa-t-elle.

Elle ferma le gril sur son croque-monsieur et s'approcha de la cafetière.

— Café ?

— Noir, un sucre. Merci. J'ai vingt-huit ans.

— Et vous êtes marié, observa Pixie en notant l'alliance à son annulaire gauche. Que faisiez-vous avec Saffron ?

Elle regretta aussitôt son indiscrétion.

— Désolée. Cela ne me regarde pas.

— Pas de problème. À vrai dire, je suis veuf.

— Toutes mes condoléances, déclara-t-elle, penaude, en lui tendant son café.

— Merci, dit-il du ton guindé de qui n'a pas l'habitude de s'épancher. Mais cela fait déjà cinq ans que ma femme et ma fille sont décédées.

Pixie pâlit.

— Mon Dieu ! vous avez perdu un enfant aussi ?

Elle se sentait encore plus mal, surtout après avoir été confrontée à son premier décès à l'hôpital quelques heures plus tôt. L'irrévocabilité de la mort et le deuil des proches affectaient le personnel médical. C'était une double tragédie qui avait frappé cet inconnu et, de compassion, Pixie sentit son cœur se serrer.

— Je suis désolée, murmura-t-elle.

Tor hocha la tête, pâle lui aussi.

— Personne n'en parle jamais, comme si c'était arrivé dans un passé lointain, dit-il avec une amertume palpable.

— La mort met les gens mal à l'aise. Ils évitent le sujet par peur de manquer de tact.

— On croirait qu'ils ont peur que ce soit contagieux, renchérit Tor avec cynisme.

— Je sais ce que c'est. Mes parents sont décédés à un jour d'écart. Mes amis m'évitaient quand je suis retournée à l'école, raconta Pixie.

— Un accident de voiture ?

— Non. Ils ont attrapé la légionellose lors d'un week-end en amoureux. Ils étaient tous les deux diabétiques, avec un système immunitaire affaibli. Ils croyaient avoir attrapé un simple virus et n'ont pas tout de suite consulté un médecin.

Pixie déglutit avec difficulté.

— Mon père est parti le premier. Ma mère l'a suivi le

lendemain. J'étais dévastée. Quand nous avons compris la gravité de leur état, il était déjà trop tard.

— Est-ce pour cela que vous êtes devenue infirmière ?

— En partie. Je voulais être mieux armée afin d'aider les gens de façon concrète.

Un sourire s'esquissa sur ses lèvres.

— Petite, je faisais aussi des bandages à mes poupées et recueillais les oisillons abandonnés. Mon frère dit que j'ai le syndrome du sauveur.

— Moi aussi, j'ai un frère. Mais nous n'avons plus de contacts.

Tor s'étonnait de sa volubilité. Il n'avait jamais été du genre bavard. Au contraire, il était connu pour sa réserve en dehors du travail. Peut-être était-ce vrai que l'alcool déliait les langues. À moins que ce ne soit cette fille inoffensive, si peu sexy dans son pyjama à motifs de flamants roses ? À peine pensait-il cela que son regard fut attiré par le mouvement de son opulente poitrine sous le tissu de son pyjama alors qu'elle se juchait sur un tabouret.

— Vous n'avez plus de contacts ? répéta-t-elle, le regard empreint d'empathie. C'est dommage, non ?

— Nous n'en serions pas là s'il n'avait pas couché avec ma femme, gronda-t-il, cinglant.

Son indiscrétion le stupéfia. C'était la première fois qu'il en parlait à quelqu'un. Ce secret sordide était destiné à être enterré avec lui dans sa tombe.

La jeune femme écarquilla les yeux.

— Votre propre frère ?

— Lui et moi n'avons pas grandi ensemble. Nous ne sommes pas proches. Jamais je ne lui pardonnerai sa trahison.

— Je vous comprends.

Après ce premier aveu, pour une raison inexplicable, le reste vint naturellement aux lèvres de Tor :

— Le jour de sa mort, ma femme m'a avoué qu'elle était tombée amoureuse de Sev *avant* notre mariage. Elle a étouffé ses sentiments par loyauté envers moi, en pensant qu'ils lui passeraient.

— Cela n'empêche. Elle aurait dû vous parler de ses doutes au lieu de vous épouser sans rien dire, déclara Pixie.

— Les conséquences auraient été moins dramatiques, c'est certain.

Le visage de Tor se durcit. On l'eût dit sculpté dans le granit.

— Découvrir des années après que notre mariage n'était qu'un mensonge a été une douche froide. Je l'ai très mal pris, admit-il d'une voix sombre.

— Vous étiez sous le choc…

Pixie prit sa tasse et lui resservit un café.

— Ce n'est pas une excuse, objecta-t-il.

Pour la première fois, elle remarqua les reflets de bronze dans ses yeux noirs. *Des yeux magnifiques, frangés de cils interminables*, s'extasia-t-elle en son for intérieur. Tout dans son visage la subjuguait, de son front altier à ses lèvres sensuelles, en passant par ses pommettes saillantes. Avec effort, elle revint à leur conversation.

— Pourquoi ? Qu'avez-vous fait ?

— Quand je suis rentré ce soir-là, elle chargeait ses valises dans sa voiture, raconta-t-il. C'est là qu'elle m'a avoué sa liaison… À la toute dernière minute. Je n'avais jamais rien soupçonné. Après trois ans de bonheur sans nuages, du moins le croyais-je, elle allait partir en me laissant un simple mot !

Le dégoût se peignit sur ses traits.

— Nous avons eu une violente dispute. Cela a été terrible. Je ne savais plus ce que je disais…

— Le choc, répéta Pixie. Sous le coup de l'émotion, on ne maîtrise plus rien.

— Mes mots ont dépassé ma pensée, admit Tor. J'ai été cruel et je le regrette.

Mais l'ultime aveu de Katerina lui avait mis la rage au cœur : sa fille qu'il aimait plus que tout ne serait pas de lui, mais de son amant !

— Vous n'étiez pas préparé. Vous n'arriviez plus à réfléchir.

Touché par sa compassion, Tor serra brièvement la main de la jeune femme sur l'îlot, avant de rompre le contact.

— Même vous n'auriez pas pu les sauver, reprit-il d'un ton résigné. Katerina a couru dans la nursery et pris notre fille dans son berceau. Elle était trop agitée pour conduire. J'ai essayé de la raisonner, mais elle ne voulait rien entendre. Sofia pleurait dans ses bras…

Il fit une pause et passa une main sur ses joues humides. La poitrine de Pixie se serra. Elle reconnaissait cette émotion. La culpabilité et le sentiment d'impuissance qui accompagnaient la perte d'êtres chers.

— Nous n'étions plus nous-mêmes, ni elle ni moi. Katerina a démarré en trombe, beaucoup trop vite. La voiture a dérapé dans l'allée verglacée et foncé dans le mur.

— Alors vous avez tout vu…

Pixie n'avait pas les mots. Il était évident que tout ce qu'il avait dit et fait ce soir-là par pure détresse continuait à le ronger.

— Tout était fini, conclut-il abruptement.

Leurs yeux se croisèrent. Personne ne comprenait mieux qu'elle ce qu'il ressentait.

— On ne se rappelle que ce qu'on a fait de travers,

murmura-t-elle. Chaque émotion est amplifiée au centuple. Quand ma mère est décédée, je m'en suis voulu d'avoir été insolente quand elle me demandait de ranger ma chambre. C'est humain.

Tor se redressa, les épaules rigides.

— J'ignore pourquoi je vous ai raconté tout cela. Je n'en ai jamais parlé à personne avant.

— Personne ? s'étonna Pixie.

— Non. Je ne voulais pas qu'on juge Katerina ou blâme sa conduite. Le mal était fait. La vérité aurait encore plus fait souffrir tout le monde.

— Mais en gardant le silence, c'est vous qui souffrez.

— J'ai les épaules… À vrai dire, je n'ai aucune idée de ce que je fais ici, confessa-t-il avec un sourire fatigué.

Les papillons dans le ventre de Pixie se réveillèrent. Jamais elle n'avait ressenti une telle connexion avec un homme.

— Je crois qu'il est vraiment temps que j'appelle un taxi…

— Sans doute, convint-elle en sautant de son tabouret.

Elle plaça les assiettes et les couverts dans le lave-vaisselle, histoire de se donner contenance, puis ouvrit la porte du placard afin de ranger les condiments. Tor sortit son portable.

— Quelle est l'adresse ? demanda-t-il avec un sourire gêné.

Seigneur, il n'avait vraiment aucune idée d'où il se trouvait ! Elle non plus quand il souriait ainsi, avec cette barbe de trois jours qui rajoutait à son charme viril. Une puissance prédatrice émanait de lui, dangereuse et attirante. Pixie lui communiqua l'adresse en bredouillant et en se reprenant sur le numéro. *Redescends sur terre !* se tança-t-elle. Tor était très séduisant. Beaucoup trop pour une fille banale comme elle. Sa supériorité ne tenait pas seulement à son physique, mais aussi à son sens de la courtoisie et à son assurance innée.

Il rangea son portable dans sa poche et revint vers elle.

— Je vais attendre mon taxi dehors. Merci de m'avoir fait la cuisine… et écouté, ajouta-t-il d'un air embarrassé. Je ne vous ai même pas demandé votre nom…

— Pixie, répondit-elle.

Pixie. Un nom original, à son image, songea Tor en lui tendant sa main.

— Alastor Sarantos. Mais tout le monde m'appelle Tor.

— Enchantée.

Du haut de son mètre quatre-vingt-cinq, Tor se fit l'effet d'un géant en la voyant lever la tête pour soutenir son regard. Perdu dans le bleu de ses yeux, il tourna les talons… et heurta de plein fouet la porte du placard ouverte. Il chancela, sonné par le choc, mais garda l'équilibre en s'appuyant contre l'îlot. Pixie se précipita vers lui.

— Mon Dieu, vous vous êtes cogné sacrément fort !

Par réflexe, il porta la main à sa tempe.

— Cela fait mal, admit-il.

Pixie se sentit coupable d'avoir oublié de refermer la porte du placard. C'était sa faute s'il s'était blessé.

— Laissez-moi jeter un coup d'œil à votre tête…

— Je vais bien, lui assura-t-il.

Mais il cillait et plissait les yeux, comme s'il la voyait flou.

— Bien sûr que non. Personne ne peut aller bien après un choc pareil, déclara-t-elle.

Elle promena les doigts sur sa blessure, consternée en sentant une bosse. Par chance, il n'y avait pas de coupure.

— Vous ne saignez pas, mais vous allez avoir un

énorme bleu. Vous devriez passer aux urgences. Vous avez peut-être un traumatisme crânien.

— Je vais bien, répéta Tor.

Il jura lorsqu'il tenta de marcher et vacilla de nouveau.

— Vous ne tenez pas debout, observa-t-elle. Allez vous allonger sur mon lit le temps que votre taxi arrive.

D'autorité, elle passa un bras autour de sa taille et le guida vers sa chambre. Elle était si minuscule à côté de lui ! Elle avait l'impression de soutenir une montagne. S'il perdait conscience…

— Est-ce que vous vous sentez mal ? demanda-t-elle.

— Non, grogna-t-il, cassant.

Évidemment, les mâles alpha comme lui détestaient admettre leur faiblesse, pensa-t-elle en roulant des yeux. Et puis, sa tête devait lui faire atrocement mal. De sa main libre, elle ouvrit la porte et l'entraîna vers le lit. Il s'assit sur le bord, tout en enlevant tant bien que mal ses chaussures avec ses pieds. Pixie les rangea côte à côte sur le tapis.

— Reposez-vous un peu. Au moins, vous êtes toujours lucide.

Étendu sur le dos, Tor la dévisagea d'un œil vitreux.

— Je ne suis pas un oisillon tombé du nid. Allez trouver quelqu'un d'autre à sauver.

Pixie ravala une réplique mordante. Il avait mal, et c'était sa faute s'il se retrouvait dans cet état. Avec un soupir, elle s'agenouilla près du lit en attendant le taxi.

2.

— Pourquoi verts ? marmonna Tor.

— Mes cheveux ?

Pixie porta une main à sa tête avec une grimace.

— J'avais envie d'être différente, dit-elle, embarrassée.

— Eh bien, c'est réussi !

Le rouge lui monta aux joues

— Il y a ce garçon au travail… J'espérais qu'il me remarque, expliqua-t-elle. C'est chose faite. Antony m'a comparée à un leprechaun.

Tor s'esclaffa.

— Pas vraiment l'impression que vous vouliez donner, pas vrai ? Désolé, je ne devrais pas me moquer. *Diavole*… J'ai vraiment trop bu.

Le plafond tournait au-dessus de sa tête à lui donner le vertige.

— Que fait mon taxi ?

— Il devrait bientôt arriver. Détendez-vous.

— Me détendre n'est pas ma spécialité. Je suis impatient de nature.

Pixie s'obligea à inspirer et à expirer profondément. Malgré sa fatigue, elle devait rester éveillée jusqu'à ce que Tor s'en aille en toute sécurité. Au moins, il lui avait changé les idées. Pendant un moment, elle avait oublié la mort de cette jeune femme à l'hôpital, victime d'un accident de la route. Elle était sur le point de se marier. Son fiancé et sa famille étaient anéantis.

— Qui est-ce, ce garçon du travail ? demanda Tor.

Sa question la tira de sa rêverie.

— Quelle importance ? Un leprechaun n'est pas sexy, dit-elle avec défaitisme. Je ne sais pas grand-chose d'Antony, à part qu'il est ambulancier et apprécié de tous. Si cela se trouve, il a une petite amie.

— Vous ressemblez plus à une fée de la forêt qu'à un leprechaun, déclara Tor.

C'était rare qu'une femme lui confie être attirée par un autre homme. Partout où il allait, la gent féminine se battait pour ses faveurs. Il était jeune, riche et célibataire. Cela se passait ainsi dans son monde. S'il cherchait une aventure d'un soir, il n'avait qu'à claquer des doigts.

C'était différent avant son mariage. Il n'avait pas beaucoup d'expérience. Katerina et lui avaient grandi ensemble. Leurs familles étaient amies. Depuis l'adolescence, il savait qu'il l'épouserait. C'était lui qui avait insisté pour qu'ils se marient alors qu'il n'avait que vingt ans. Ses parents avaient tenté de l'en dissuader en arguant qu'ils étaient trop jeunes. Peut-être avaient-ils raison. Tor était prêt pour un tel engagement, mais à l'évidence pas Katerina. Il avait pourtant sincèrement cru à leur amour mutuel.

« Une fée de la forêt. » Était-ce un compliment ? s'interrogeait Pixie. Mon Dieu, elle devait vraiment être désespérée ! Tor lui avait enseigné une leçon sans le vouloir. Elle avait cru être attirée par Antony, mais ce n'était rien à côté de ce que *lui* lui faisait ressentir. Peut-être ne s'était-elle focalisée sur le jeune ambulancier que parce qu'elle n'avait jamais eu de petit ami et que les candidats étaient rares dans son entourage.

— Je doute qu'une fée de la forêt fasse rêver les

hommes, commenta-t-elle. Mais je dois reconnaître que vous avez du bagout.

— Du bagout ?

— Oui, vous savez tourner un compliment. Si une femme vous plaisait, vous ne la compareriez pas à un leprechaun, n'est-ce pas ?

— Non, convint Tor sans hésitation.

Pixie apprécia son honnêteté. Il admettait volontiers être à l'aise avec les femmes et savoir d'instinct comment les séduire. Rien d'étonnant à cela. Un homme avec un tel physique ne pouvait que savoir manier les mots à son avantage. Mais il avait déjà été marié, et cela lui inspirait confiance. Alors que tant d'options s'offraient à lui, il avait fait le choix de s'engager très jeune avec une seule personne.

Hélas ! son mariage avait pris un tour tragique. Un nouvel élan de compassion saisit Pixie. La femme qu'il avait épousée l'avait trompé. C'était cette blessure-là, peut-être plus encore que son deuil, qu'il peinait à surmonter. La trahison de celle qu'il aimait et en qui il avait toute confiance.

Pixie se leva et alla vérifier dehors si le taxi arrivait. Mais la rue était déserte. De retour dans sa chambre, elle fut immédiatement happée par un regard ténébreux. Il avait vraiment les plus beaux yeux du monde, pensa-t-elle. N'importe quelle femme le remarquerait. Cet homme était un véritable concentré de sex-appeal !

— Pourquoi étiez-vous seul ce soir ? demanda-t-elle par curiosité.

— Chaque année à cette date, je passe la soirée dans un bar en mémoire de Katerina et Sofia, expliqua-t-il.

Cette réponse atterra Pixie.

— Boire pour supporter sa douleur est une forme

d'autodestruction, dit-elle avec douceur. Mieux vaut en parler et laisser l'alcool en dehors de cela.

Tor se redressa sur ses coudes.

— Qu'en savez-vous ?

— J'ai perdu mes parents il y a six ans, lui rappela-t-elle. Mes études d'infirmière m'ont aidée à travailler sur moi-même. Je suis souvent confrontée au deuil dans mon métier. Le malheur des gens me rend parfois triste et anxieuse… Laissez-moi réexaminer votre tête.

Tor ne protesta pas. Elle se pencha sur lui, si près que son souffle balayait sa tempe. Le désir s'insinua en lui. Il l'ignora pour se concentrer sur la discussion en cours.

— Alors comment faites-vous face ? demanda-t-il.

— J'ai comme un coffre-fort dans ma tête. J'y range tout ce qui me touche de trop près et le ferme à double tour, avec interdiction de le rouvrir avant la fin de mon service.

Un frisson le traversa au contact de ses doigts légers sur sa bosse. Il imaginait déjà ces mêmes doigts caressant une autre partie de son anatomie… Son désir redoubla, à son grand dam. Elle avait fait preuve de beaucoup de bienveillance à son égard. Et puis, elle était trop jeune et sans doute peu expérimentée. Elle ne méritait pas qu'il profite de sa candeur.

— Tout cela a l'air trop compliqué pour moi, dit-il, les yeux dans les siens.

Le feu ardent qui se propagea entre ses cuisses prit Pixie par surprise. Un désir brut et instantané, rien à voir avec la simple curiosité sexuelle qu'Antony suscitait en elle. Aucun homme ne lui avait jamais fait un tel effet. Les longs doigts bronzés de Tor se perdirent dans ses boucles et approchèrent son visage du sien.

— J'ai envie de vous embrasser…

— Alors embrassez-moi, s'entendit-elle répondre sans hésitation, avide d'explorer avec lui d'autres sensations inédites.

Ses lèvres couvrirent les siennes, les caressant comme on goûterait un fruit délicat, cherchant doucement à les entrouvrir. Comment résister à une telle invitation ? Un torrent de lave la submergea, et elle se pencha afin d'approfondir l'expérience. Des bras musclés s'enroulèrent autour d'elle. Sans effort, il l'attira sur lui, avant de la faire rouler sur le lit sans qu'elle éprouve la moindre peur.

Au contraire. Lorsqu'il se hissa sur elle, une jambe s'insinuant entre ses cuisses, l'excitation la gagna. Sa langue caressait son palais, et mille frissons se propageaient en elle. Sa bouche sur la sienne ne lui laissait aucun répit. Elle s'y connaissait peu en baisers, mais aucun ne l'avait jamais enflammée ainsi. Ses seins étaient lourds sous son haut de pyjama, et leurs pointes douloureusement tendues. Quand une main se faufila sous le tissu pour les taquiner, une longue plainte lui échappa. Alors Tor déboutonna son haut et se mit à sucer un mamelon avec gourmandise. Son corps se souleva à la rencontre du sien, mû par l'exquise déflagration entre ses jambes.

— Ton corps est si sexy, dit-il d'une voix rauque.

Pixie cilla de surprise. Personne ne lui avait jamais dit qu'elle était sexy. Elle était la bonne copine à qui les hommes racontaient leurs histoires de rupture ou décrivaient la femme de leurs rêves, de préférence sportive avec la taille mannequin. Bizarrement, leur idéal n'était jamais une petite blonde à l'écoute, mais peu portée sur l'exercice. Elle avait plus d'amis gays qu'hétérosexuels, qui tous l'encourageaient à être plus extravertie et sûre d'elle si elle voulait attirer l'attention des hommes. Mais ces réflexions la désertèrent sous les caresses de Tor, qui butinaient ses seins avec une telle maestria qu'elle en perdait tout contrôle d'elle-même.

Tor la faisait se sentir sexy. Il la réconciliait avec son corps et sa féminité la plus intime. Lorsqu'il la toucha là où elle se languissait qu'il la touche, un spasme la secoua. Son index errait le long de sa fente, plus léger qu'une plume. Pixie gémissait et se tortillait contre lui, chavirée. Puis il accentua la pression, juste sur son clitoris ultra-sensible, et elle oublia qui elle était. Une fièvre insoutenable tendait tout son corps. La délivrance était là, toute proche. Elle en avait besoin, plus encore que de l'air qu'elle respirait.

— Tu as envie de moi ? susurra-t-il en baissant déjà son pantalon de pyjama.

— Oui ! S'il te plaît ! l'implora-t-elle.

— *Thee mou*… Je te veux aussi, tu n'as pas idée !

Il ajusta sa position et lui écarta les jambes en les relevant pour avoir un meilleur accès. L'instant d'après, il plongeait en elle. L'étirement de ses muscles intimes éclipsa sa soif de plus, puis fut suivi par une douleur fulgurante lorsqu'il s'enfonça plus profondément. Elle serra les dents, mais très vite un torrent de sensations nouvelles chassa cette première souffrance.

— Tu es si étroite, *moraki mou* ! C'est incroyable !

Les yeux assombris de désir, il bougea les hanches, et la déferlante recommença, plus intense encore. Ce qui l'avait d'abord déconcertée lui paraissait si naturel, à présent. Le plaisir montait par vagues implacables. Chaque coup de reins la propulsait plus près de l'abîme. La vigueur de Tor décuplait sa propre excitation, et elle pantelait, le souffle haché. Son corps se cambrait, cherchant désespérément le sien. Soudain, l'ultime résistance céda, et elle s'abandonna, la chair serrée autour de Tor, qui se répandit en elle alors que l'orgasme les emportait tous les deux.

Il s'écrasa sur elle de tout son poids, et ils restèrent un moment ainsi. Puis Pixie commença à remuer, sans qu'il semble réagir.

— Tor ? cria-t-elle. Tor !

Elle s'extirpa tant bien que mal de sous lui et l'examina avec inquiétude. Sa respiration était normale. Elle posa alors une main sur son front. Sa température retombait déjà après leur étreinte brûlante. Il dormait profondément.

Pixie renfila en hâte son pyjama et grimaça en sentant un élancement entre ses cuisses. Tor n'avait cessé de répéter qu'il était ivre, mais elle ne l'avait pas vraiment cru. Certaines personnes savaient donner le change et entretenir un dialogue cohérent en état d'ébriété. À l'évidence, il en faisait partie. Mais sa conduite aurait dû lui mettre la puce à l'oreille. Sous l'influence de l'alcool, on perdait ses inhibitions et s'adonnait facilement à des comportements impulsifs, sans rapport avec ses habitudes.

Coucher avec elle n'avait été que cela, une impulsion, réalisa-t-elle, atterrée. Il n'aurait sûrement pas agi ainsi en temps normal. Saffron l'avait ramené à la maison dans cet espoir, et il l'avait repoussée. En cette soirée dédiée au souvenir de sa famille perdue, il n'avait pas voulu d'une aventure sans lendemain. Pixie ne le comprenait que trop bien. Alors comment avait-elle pu perdre le contrôle au point de se donner à lui ?

Elle fila à la salle de bains prendre une douche rapide. C'est là qu'un détail lui apparut. Le sang reflua de ses joues. Ni elle ni Tor n'avaient songé à utiliser un préservatif. Elle-même ne prenait pas la pilule, ni aucune autre forme de contraception. Elle n'avait jamais eu de relation suivie, et les rencontres d'un soir ne l'intéressaient pas.

Elle n'avait donc pas jugé cette précaution utile. Bien sûr, il restait toujours la pilule du lendemain…

Un souvenir lui revint, de sa mère lui ébouriffant gentiment les cheveux. « Mon cadeau du ciel », l'appelait-elle avec tendresse. Ses parents avaient déjà la quarantaine quand elle était née. Son arrivée avait été une surprise, mais ils l'avaient accueillie avec bonheur et entourée d'amour. N'en ferait-elle pas autant dans la même situation ?

Peut-être était-il un peu tôt pour envisager un tel scénario, se sermonna-t-elle. Elle venait de vivre sa toute première expérience sexuelle. C'était cela qui l'ébranlait le plus. Ce qu'elle avait fait. Elle n'était pas quelqu'un d'impulsif. Mais ce baiser incandescent avait suffi à la faire succomber. Dès lors, elle avait encouragé chaque geste de Tor, sans jamais chercher à y mettre le holà. Sa propre réponse instinctive à son corps puissant sur le sien lui avait fait perdre la tête. Le désir, disait-on, faisait faire des choix regrettables. Ce soir, elle comprenait pourquoi.

Tor était beau comme un dieu. Jamais elle n'avait ressenti une telle attirance physique. Il l'avait pourtant prévenue de son état, et elle l'avait vu de ses yeux se cogner violemment la tête. Une honte cuisante la submergea. Tout était sa faute. Elle avait profité d'un homme ivre et endeuillé souffrant sans doute d'un traumatisme crânien !

Pixie regagna sa chambre. Tor dormait toujours. Dans quelques heures, elle devait retourner au travail. Résignée, elle se glissa dans le lit en se recroquevillant le plus près possible du bord. Comment avait-elle pu être aussi stupide ? Une vraie adolescente ! Elle travaillait dans le domaine de la santé, elle connaissait les risques. Un rendez-vous médical s'imposait, juste pour être sûre. Et il était grand temps qu'elle adopte un moyen de contraception. Même si, lui soufflait sa mauvaise conscience, elle ne risquait pas de répéter la même erreur. Cette expérience l'avait vaccinée.

Les premières lueurs de l'aube pointaient lorsqu'elle se leva. Elle s'habilla en silence pour sa prochaine garde. Tor, lui, dormait comme une souche. Pixie décida de ne pas le réveiller. Cela leur épargnerait à tous les deux une confrontation gênante. Il s'en irait plus tard de son côté, et c'était très bien ainsi. Elle ne voulait plus jamais le revoir de sa vie !

3.

Pixie patientait dans la salle d'attente, raide sur son siège. Les larmes lui brûlaient les paupières. La réceptionniste du très chic immeuble de bureaux la toisait, exaspérée par son refus de s'en aller. M. Sarantos n'était pas disponible pour un rendez-vous, ni en personne ni par téléphone, à moins de faire partie de sa liste d'interlocuteurs pré-approuvés.

Alors comment était-elle censée lui annoncer qu'elle était enceinte de lui ? Divulguer une information aussi confidentielle par écrit serait imprudent. Et inutile si son personnel filtrait son courrier. Une telle lettre serait immédiatement jetée à la poubelle, estampillée comme le délire d'une hystérique ou d'une aventurière vénale. Même si le message parvenait à Tor, ce dernier serait furieux que ses employés aient eu connaissance de ses frasques, qu'il préférait sans doute garder secrètes.

Car Tor Sarantos avait bien caché son jeu, à en croire ce qu'elle avait lu à son sujet sur Internet. Banquier superstar, il était extrêmement riche et influent, et leurs vies n'auraient pu être plus éloignées l'une de l'autre. Seul un hasard comme il en arrivait rarement avait fait se croiser leurs chemins. De cette rencontre improbable naîtrait bientôt un bébé.

Pixie avait mis plusieurs mois à se décider à en parler

à Tor. N'avait-il pas le droit de savoir qu'il allait de nouveau être père ? Jamais elle n'oublierait son regard hanté lorsqu'il avait évoqué la mort de sa femme et de sa fille. Il avait aimé la petite Sofia de tout son cœur. C'était cela, plus que toute autre considération, qui avait poussé Pixie à le contacter. Peut-être ne voudrait-il rien avoir à faire avec elle. Mais elle ne pouvait se résigner à le priver d'une chance d'être présent dans la vie de son futur enfant.

Elle en était maintenant à six mois de grossesse. Malgré des symptômes révélateurs, elle avait préféré terminer sa formation d'infirmière avant de se résoudre à effectuer un test. Plus exactement, elle avait perdu des semaines à fuir une vérité inévitable, terrifiée à la perspective de se retrouver enceinte, seule et sans soutien.

Son frère avait frôlé la crise cardiaque en apprenant la nouvelle. « Tu es infirmière ! » s'était-il écrié. « Tu t'y connais en contraception. Comment as-tu pu tomber enceinte ? Et pourquoi n'as-tu encore pris aucune mesure pour y remédier ? »

Ce n'était que la première d'une longue série de conversations houleuses entre eux. La bienveillance d'Eloise lui avait cruellement manqué. Hélas ! elle et Jordan s'étaient séparés pour de bon. Pixie était toujours amie avec la jeune femme et continuait à la voir en dehors de la maison. Mais son départ avait aggravé leur situation financière, de sorte que rembourser leur prêt immobilier devenait chaque jour plus difficile.

Dieu merci, Pixie travaillait et était à même de régler une partie des factures. Cependant, plus sa grossesse avançait, plus ses gardes de douze heures pesaient sur ses épaules. Elle était épuisée, physiquement et moralement.

C'était la seconde raison qui l'avait incitée, à contrecœur, à se tourner vers Tor.

Sa gorge se noua. Elle n'était pas une de ses maîtresses – pas vraiment. Il ne l'avait pas approchée parmi une foule de jolies femmes dans le but de la séduire *elle*, personnellement. Il l'avait juste embrassée et… tout s'était enchaîné. Tout cela parce qu'il s'était endormi dans une cuisine où elle et lui s'étaient retrouvés seuls par hasard au même moment. Elle aurait pu dire non et tout arrêter. Mais elle l'avait encouragé, excitée par la singularité de l'instant. Elle avait agi de manière égoïste et immature. Il ne lui aurait pas accordé le moindre regard dans son état normal, elle en était convaincue. L'alcool, le chagrin et un violent choc à la tête l'avaient rendu vulnérable. Et elle, au lieu d'écouter sa raison, avait profité de la situation.

Pixie n'avait aucune envie d'être un problème de plus dans la vie de Tor. Mais elle avait besoin d'aide. Et lorsqu'elle l'avait compris, elle avait fini par ravaler son orgueil. Hélas ! obtenir une entrevue avec Tor se révélait être aussi simple que prendre le thé avec la reine d'Angleterre.

— Mademoiselle Miller, j'ai appelé la sécurité afin qu'elle vous escorte vers la sortie, l'informa la réceptionniste avec hauteur. Il est inutile d'attendre ici. M. Sarantos est indisponible.

Conclusion, suivre les règles ne la mènerait nulle part. Sitôt l'employée de retour derrière son comptoir, Pixie se leva et s'engagea l'air de rien dans le large couloir menant à une imposante double porte. Celle du bureau de Tor, selon toute probabilité.

— Hé ! Vous n'avez pas le droit d'aller là-bas. Sécurité ! Sécurité !

La voix stridente de la réceptionniste lui fit accélérer

le pas. Pixie se jeta sur la poignée et fit irruption dans la pièce. Un portable vissé à l'oreille, Tor se retourna. Il était très sophistiqué en costume à fines rayures et chemise blanche agrémentée d'une cravate rouge. Mille fois plus intimidant que l'homme qui s'était régalé avec elle d'un banal croque-monsieur, quelques mois plus tôt.

Qu'est-ce que cela signifie ? tonna-t-il en la foudroyant du regard.

Pixie retint son souffle et attendit. Et attendit encore. Qu'il la reconnaisse. Rien ne se passa. Cette absence de réaction la déstabilisa.

— Tor, tu ne me reconnais pas ? l'interpella-t-elle, atterrée par la note implorante dans sa voix.

— Comment pourrais-je vous reconnaître ? J'ignore qui vous êtes, répondit-il sèchement.

Elle vit sa mâchoire se crisper à la vue de son ventre arrondi.

— Nous avons passé une nuit ensemble, il y a six mois, dit-elle. Je suis enceinte. Je voulais que tu le saches.

Sa vue se brouillait. Elle avait tellement honte de devoir le dire tout haut ! Un rictus de dérision déforma les traits de Tor.

— Je ne vous ai jamais vue de ma vie. Je vous conseille de réserver ce genre d'allégations à mes avocats.

— Toutes mes excuses, monsieur. Elle n'a rien voulu entendre, intervint la réceptionniste, une main déjà sur son bras. La sécurité arrive.

Pixie ne s'était jamais sentie aussi humiliée. « J'ignore qui vous êtes… Je ne vous ai jamais vue de ma vie. » Sans doute aurait-elle dû anticiper une telle réaction. Comme si un homme comme Alastor Sarantos allait se souvenir d'elle après une aventure d'un soir ! D'autant que son apparence avait changé, ses cheveux ayant retrouvé leur blondeur d'origine. De là à ce que son regard la traverse comme si elle n'existait pas… C'en fut trop pour ses hormones. Les larmes ruisselèrent sur ses joues, et un bruyant sanglot lui échappa.

Un homme de la sécurité commença à la tirer hors du bureau. Dans le couloir, elle pleurait si fort qu'elle parvenait à peine à mettre un pied devant l'autre. La voix de Tor s'éleva dans son dos :

— Allez-y doucement. Elle est enceinte.

Quelle ironie ! C'était lui qui l'avait mise dans cet état. Et voilà tout le soutien qu'il était prêt à lui apporter…

— Alors ? Qu'a-t-il dit ? s'enquit Jordan sitôt de retour de son travail de serveur.

Pour la première fois, Pixie lui dévoila les circonstances exactes de sa rencontre fugace avec Tor. Jordan se contenta de hausser les épaules, arguant que cela ne le déchargeait pas de ses responsabilités. Il lui conseilla même de prendre un avocat pour défendre ses droits.

— Pas avant que le bébé soit né, protesta Pixie.

Jordan devenait agressif et montait facilement au créneau quand les choses se compliquaient. Pas elle. Elle mit plusieurs semaines à se remettre de sa pénible rencontre avec Tor dans ses bureaux. Ne se souvenait-il vraiment pas d'elle ? Ou avait-il fait semblant de ne pas la reconnaître, désireux d'oublier ce qui s'était passé entre eux ?

Cette éventualité la piqua au vif. Certes, elle n'était pas une beauté sculpturale comme les femmes avec lesquelles il s'affichait dans les médias. Elle n'était ni jet-setteuse, ni actrice, ni mannequin. Juste une fille ordinaire qui s'était retrouvée au lit avec lui après un bizarre concours de circonstances. Il avait été spécial pour elle. Mais elle ne l'avait pas été pour lui. Une chose était certaine : cela n'aurait jamais dû arriver.

Au fond, quelle importance si Tor faisait semblant ou non ? Mais sa réaction méprisante resta gravée en elle. Après cette expérience, Pixie se persuada qu'il préférerait ne pas savoir qu'il était père, et sa conscience s'apaisa. Elle n'avait pas besoin de son aide, ni de son soutien financier, décida-t-elle. Quoi qu'en dise son frère.

Présent

Pixie bâilla et s'étira dans son lit. La maison était étonnamment calme. Peut-être Jordan avait-il emmené Alfie au parc. Elle sourit en pensant à son fils de neuf mois. C'était un solide gaillard pour son âge, en avance sur toutes les courbes de croissance. Il essayait même déjà de marcher !

Coco sauta sur le lit en ronronnant, et Pixie le caressa avec affection. Steph s'était mise à le lui confier à chacun de ses déplacements à l'étranger. Des semaines s'écoulaient avant qu'elle vienne le récupérer. Pour finir, elle avait proposé à Pixie d'adopter le siamois, car son emploi du temps trépidant l'empêchait de s'occuper d'un animal de compagnie.

Pixie se leva et alla prendre une douche, puis enfila un jean et un haut à rayures roses et blanches. Tout ce qu'elle faisait, elle le faisait mécaniquement selon une routine fixe depuis la naissance d'Alfie. À son retour de l'hôpital le matin, elle donnait à manger à son fils et l'habillait, avant de le confier quelques heures à Jordan pendant qu'elle s'écroulait au lit. Son travail de nuit et la souplesse d'horaires de Jordan leur épargnaient des frais de nourrice. Un soulagement, au vu des dettes de son frère.

Enfin prête, elle descendit à la cuisine. La maison était petite, mais Pixie avait réussi à caser un berceau dans sa chambre. Quant à la petite cour, elle comptait la transformer en aire de jeu pour Alfie plus tard. Elle s'étonna de trouver son frère assis seul à table, une bière à la main.

— Où est Alfie ? demanda-t-elle. Et pourquoi bois-tu à cette heure de la journée ?

Jordan lui lança un regard en biais.

— J'ai réglé la situation, dit-il, les lèvres pincées.

Si Pixie ressemblait à sa mère, Jordan, lui, avait hérité de la haute taille et des cheveux noirs leur père. Avec sa barbe et ses lunettes, il avait l'air d'un geek.

— Quelle situation ?

Elle balaya le minuscule salon des yeux, s'attendant à trouver Alfie sur son tapis de jeu. Mais la pièce était vide, et le coffre à jouets, rangé à sa place contre le mur.

— La panade dans laquelle tu nous as mis en ayant cet enfant au mépris de mes conseils ! gronda son frère.

— Jordan, où est Alfie ? le coupa Pixie, prise d'une sueur froide.

Lorsqu'il le lui dit, son sang se glaça. Dans la seconde, elle attrapait son manteau et son sac à main, partagée entre panique et fureur.

— As-tu complètement perdu la tête ? s'écria-t-elle.

— Il est le père d'Alfie. C'est à lui de subvenir à ses besoins ! rétorqua Jordan avec véhémence.

— Tu as abandonné mon fils dans la rue ! Et s'il lui arrivait quelque chose ? hurla Pixie, au bord de l'hystérie.

— C'est mon neveu, Pixie. Je tiens à lui. Je suis resté caché le temps de m'assurer qu'il était bien emmené dans la maison.

— Quelle maison ?

Incrédule, elle écouta Jordan lui expliquer comment il avait payé un type croisé dans un bar pour dénicher l'adresse de Tor à Londres. Il n'avait pas fini son histoire qu'elle appelait déjà un taxi. Son fils était en danger. Elle n'avait pas de temps à perdre en bus ou en métro.

Jordan la suivit dehors en continuant à défendre son point de vue, à savoir qu'elle avait enchaîné les mauvaises décisions.

— Tu aurais pu gagner confortablement ta vie sans cet enfant ! lui cria-t-il. Plus rien ne t'en empêche, maintenant. J'ai agi dans ton intérêt !

— Tout ne tourne pas autour de l'argent ! répliqua-t-elle avec dégoût. Je n'ai pas eu Alfie par cupidité !

Pixie s'engouffra dans le taxi et claqua la portière. Elle était écœurée. Depuis quand l'argent comptait-il plus pour Jordan que sa propre famille ? Avait-elle toujours fermé les yeux sur cette facette de lui ? À bien y réfléchir, il n'avait accepté son choix d'avoir le bébé qu'*après* avoir appris que le père d'Alfie était riche. Avait-il vu en son fils une potentielle poule aux œufs d'or ? Pixie en avait la nausée. À quoi s'attendait-il en imposant à Tor l'enfant dont il n'avait même pas voulu entendre parler ? Qu'il les paye grassement pour qu'elle et Alfie disparaissent de sa vie ? Comment pourrait-elle continuer à vivre avec Jordan et lui confier son fils s'il était capable de mettre ainsi un enfant innocent en danger ?

Pixie bondit hors du taxi dès qu'il s'arrêta et se rua vers l'entrée de la villa, une imposante bâtisse géorgienne d'un étage dotée d'un jardin privé. Elle sonna frénétiquement tout en frappant comme une folle à la porte, impatiente de retrouver son fils. Une femme d'âge mûr au visage impassible lui ouvrit.

— Mon fils a été déposé ici… accidentellement, expliqua-t-elle d'une voix mal assurée. Je suis venue le récupérer.

Sans un mot, la femme s'effaça pour la laisser entrer. Pixie sentit immédiatement qu'elle détonnait avec ses vieilles baskets élimées et son imperméable bon marché. Une odeur de cire flottait dans l'air, en accord avec les objets anciens et la splendide statue de marbre décorant l'élégant vestibule.

— Je vais voir si M. Sarantos est disponible pour vous recevoir, dit la gouvernante du bout des lèvres.

Restée seule, Pixie commença à angoisser à l'idée de revoir Tor Sarantos. Il y avait de quoi. Cet homme l'avait jetée dehors quand elle s'était présentée à lui enceinte, en prétendant ne pas la connaître. Hélas ! l'acte de Jordan ne lui laissait plus le choix : elle devait le confronter à sa paternité et à ses responsabilités envers Alfie. Cela l'obligerait sans doute à revenir sur les événements de ce fameux soir, dix-huit mois plus tôt, aussi humiliant que soit ce souvenir.

La gouvernante réapparut et l'invita froidement à la suivre. Pixie carra les épaules. Non, la seule chose dont elle devait avoir honte était d'avoir négligé de se protéger lors d'un rapport sexuel. La scène déplaisante dans les bureaux de Tor avait atténué son ancienne culpabilité à son égard. Porter et mettre au monde un enfant avec le seul soutien d'Eloise avaient rendu Pixie moins critique envers elle-même. Elle ne s'en sortait pas si mal. D'autres auraient perdu pied ou se seraient apitoyées sur leur sort. *Tu ne dois d'excuses à personne*, se répéta-t-elle pour se donner du courage.

Tor faisait les cent pas, d'humeur maussade. Il détestait les mystères et les imprévus. Quand apparut devant lui la même femme entrée de force dans son bureau l'année précédente, un mauvais pressentiment l'assaillit. Qui était-elle ? L'absence d'informations recueillies ce jour-là l'avait empêché d'établir son identité. Les semaines suivantes, il s'était préparé à recevoir une demande de pension alimentaire par le biais de ses avocats. Rien n'était venu, et il avait mis cette visite sur le compte d'un dérangement mental. Mais si elle était la mère de l'enfant laissé sur son perron, qui était l'homme filmé par la caméra de surveillance ?

— Je suis venue chercher mon fils, déclara Pixie d'un ton guindé. Navrée que vous vous soyez retrouvé entraîné dans cette histoire.

Une vive tension contractait ses épaules. Même la longueur d'une pièce entre elle et Tor ne suffisait pas à sa tranquillité d'esprit. Toujours aussi imposant, il la toisait d'un regard de prédateur. Colère et méfiance se lisaient sur ses traits. Tout ce qu'elle redoutait d'affronter. Même dans ce contexte, elle n'était pourtant pas insensible à la façon dont son costume épousait à la perfection son corps athlétique. Comment pouvait-elle encore tomber sous son charme ? C'était surréaliste ! Dire qu'elle avait conçu un enfant avec cet homme mille fois mieux qu'elle... Le souvenir de leur bref moment de passion lui fit monter le rouge aux joues. Bon sang, ce n'était pas le moment de penser à cela !

— Et si vous vous asseyiez afin de me raconter tout cela ?

Tor la scrutait avec attention. Elle était vraiment petite, tout en courbes voluptueuses. Ses jolies boucles blondes encadraient un visage en forme de cœur et rehaussaient le bleu de ses yeux. Des yeux qui lui étaient étrangement familiers... Cette bouche charnue aussi. Cette sensation le troubla. Qui qu'elle soit, Pixie Miller n'était pas du tout son genre. Il avait toujours préféré les grandes brunes longilignes. Cette inconnue, de dos, pouvait facilement passer pour une enfant !

— Je ne suis pas venue ici pour discuter, déclara-t-elle. Je veux juste récupérer mon fils.

— Je crains que ce ne soit pas aussi simple. J'ai besoin de comprendre ce qui se passe avant de contacter les services sociaux.

La jeune femme blêmit.

— Les services sociaux ? Pour quoi faire ?

— Asseyez-vous, répéta Tor avec fermeté.

Pourquoi faisait-elle tant d'histoires alors que le bébé avait sans doute été déposé chez lui dans le but précis d'attirer son attention et de forcer cette entrevue ?

Les dents serrées, Pixie Miller entra dans la pièce. Mais lorsqu'il désigna le fauteuil en face de son bureau, elle se braqua.

— Pas si vous restez planté debout devant moi. Où est mon fils ?

— En sécurité avec une nourrice. Je m'assieds aussi, si cela peut vous tranquilliser.

Avec un soupir agacé, Tor contourna son bureau et se laissa tomber dans son fauteuil en cuir. À présent, il était grand temps d'obtenir certains éclaircissements.

— Qui est l'homme qui a déposé le bébé devant ma porte ? demanda-t-il sans détour.

Pixie se raidit.

— Mon demi-frère, Jordan. Nous nous sommes disputés… Enfin, non, c'est un malentendu, rectifia-t-elle.

— Pourquoi chez moi ?

— Jordan sait que vous êtes le père d'Alfie.

— Et comment pourrait-il savoir ce que j'ignore moi-même ? répliqua Tor, cinglant. Avez-vous menti à votre demi-frère sur la façon dont vous êtes tombée enceinte ?

Pixie serra la mâchoire.

— Non. J'ai essayé de vous en parler l'année dernière, à votre bureau. Mais j'ai changé d'avis quand vous ne m'avez pas reconnue, admit-elle en évitant son regard. C'était au-dessus de mes forces.

Tor la dévisageait, un éclat de bronze dans ses yeux noirs. Les yeux les plus captivants qu'elle ait jamais vus et qui l'avaient immédiatement séduite, ce fameux soir.

— Êtes-vous en train de dire que ce bébé est de moi ?

— Oui.

— Difficile à croire. Je ne me souviens même pas de vous. Votre visage me dit peut-être vaguement quelque chose…

— Navrée de vous avoir si peu marqué, répliqua-t-elle, sarcastique. Mais les faits sont les faits. Nous avons été intimes, et Alfie en est le résultat.

— J'utilise toujours un préservatif.

Pixie roula des yeux, exaspérée.

— Eh bien, pas avec moi ! Peut-être ai-je eu tort de ne pas solliciter les services d'un avocat. Mais je ne me voyais pas raconter cette histoire à un parfait inconnu. Toujours est-il que c'est bien arrivé, et je le regrette autant que vous.

Tor se leva d'un bond, outré par les propos de la jeune femme. Il ne couchait pas avec n'importe qui et prenait toujours ses précautions en matière de sexe.

— Ce que vous avancez est absurde. Je suggère que nous passions par la voie légale…

— Bon, bon, d'accord.

Pixie poussa un soupir résigné.

— Je ne vous ai pas tout dit. Si vous ne vous souvenez

vraiment de rien, c'est parce que vous étiez ivre. Pour ma défense, cela ne se voyait pas. Je n'ai pris conscience de votre état qu'après coup.

— Ivre ? Cela ne m'arrive jamais.

— C'était l'anniversaire de la mort de votre femme et de votre fille, précisa Pixie. Vous m'avez raconté que chaque année vous sortiez vous soûler dans un bar à cette date.

L'espace d'un instant, Tor resta pétrifié. Puis lentement, il se rassit, sous le choc. Elle était au courant ? Ses pires craintes se confirmaient. Que lui avait-il révélé, au juste ? Toute l'histoire ou seulement une partie ? Comment avait-il pu divulguer son plus sombre secret à la première venue ?

— Pour être honnête, vous êtes plus sympa quand vous avez bu, continua-t-elle. Si je vous avais connu tel que vous êtes là, rien ne serait arrivé. Mais j'aime Alfie plus que tout, même si vous préféreriez qu'il n'existe pas.

Tor la considéra avec incrédulité.

— Que savez-vous de mes préférences ? Pour qui me prenez-vous ?

— Eh bien, vu votre position, je pensais…

Elle se mordit la lèvre.

— Écoutez, maintenant que le plus gênant est derrière nous, puis-je voir mon fils ?

— Je crains que ce ne soit pas aussi simple.

— Quoi ? Mais pourquoi ? Quel est le problème ?

— Où étiez-vous quand votre frère a abandonné votre fils dans la rue ? demanda Tor.

Pixie s'empourpra sous son regard accusateur.

— Je dormais. Je suis infirmière et travaille de nuit, expliqua-t-elle. Quand je rentre le matin, je fais manger Alfie et l'habille, puis le confie à Jordan pendant que je dors quelques heures. Je n'ai pas besoin de beaucoup de sommeil. Et Jordan n'a pas abandonné Alfie dans la rue…

— C'est exactement ce qu'il a fait, objecta Tor.

— Il s'est assuré qu'Alfie soit bien recueilli, insista-t-elle. Écoutez, je suis aussi horrifiée que vous par ce qui s'est passé. J'en veux énormément à Jordan. Mais il m'aide à m'occuper d'Alfie depuis sa naissance et nous laisse vivre avec lui. Je lui dois beaucoup.

— Je comprends…

— J'en doute, l'interrompit-elle avec un geste éloquent englobant le luxueux décor. Vous et moi appartenons à deux mondes différents. Dans le mien, payer ses factures et garder un toit au-dessus de sa tête est un combat quotidien.

— Nous aborderons cet aspect-là plus tard. Dans l'immédiat, je m'inquiète pour la sécurité et le bien-être de cet enfant.

Pixie pinça les lèvres.

— Cela ne vous concerne pas, déclara-t-elle sèchement. Je sais très bien ce que vous pensez de la situation. Lui et moi sommes une épine dans votre pied. Pourquoi attendrais-je quoi que ce soit d'un homme comme vous ?

— Inutile de monter sur vos grands chevaux, répondit Tor sur le même ton. Si cet enfant est de moi, il va de soi que je préfère ne pas impliquer les services sociaux. Mais il est hors de question que je rende ce bébé à quelqu'un prêt à le mettre ainsi en danger.

— Comment osez-vous ?

Pixie bondit de son fauteuil, scandalisée par cette accusation.

— C'est vous-même qui m'avez donné le droit d'intervenir, asséna Tor. Je me dois de veiller à la sécurité de cet enfant, en tant que père potentiel et citoyen responsable. Vous pouvez le voir, mais je vous interdis de le ramener à votre frère tant que je n'aurai pas défini ce qui est le mieux pour lui.

— Vous ne pouvez pas faire cela, protesta Pixie.

— Soit vous acceptez mes conditions, soit je contacte les autorités. Dans le deuxième cas, ni vous ni moi n'aurons plus aucun contrôle sur la suite des événements.

— Vous ne croyez même pas être le père d'Alfie ! s'exclama-t-elle. C'est un enfant heureux ! Pourquoi cherchez-vous à ruiner notre vie ?

— Je requiers votre permission d'effectuer un test de paternité, dit Tor. J'ai besoin d'une preuve irréfutable qu'il est bien de moi.

— Évidemment. Vous n'allez pas me croire sur parole, n'est-ce pas ?

Tor serra les dents. Il y avait eu un autre enfant dont il avait cru naïvement être le père, avant de découvrir qu'un homme ne pouvait jamais être sûr de rien. Désormais, il ne se fiait à personne et vérifiait la moindre information. Accorder sa confiance était devenu un défi pour lui.

— Autorisez-vous le test ? insista-t-il.

Pixie acquiesça. Quelle raison avait-elle de s'y opposer ? Il avait droit à la confirmation qu'Alfie était bien son fils. Mais tout s'enchaînait trop vite à son goût, et d'une manière qu'elle n'avait pas prévue. Elle avait cru pouvoir simplement récupérer son fils, sans mesurer les conséquences à long terme de l'acte de Jordan. Tor exigeait des réponses et ne la laisserait pas partir avant de les avoir obtenues. Elle s'était trompée sur son compte, le jour où elle avait forcé le passage dans son bureau. Il l'avait bel et bien oubliée. Pour lui, c'était comme si elle n'avait jamais existé, et cela la blessait dans son orgueil.

Elle le regarda sortir son téléphone et sélectionner un numéro. Lorsqu'il parla, ce fut dans une langue étrangère. Du grec ? Il y avait une certaine grâce dans son attitude, étonnante chez un homme de sa carrure. Mais la sèche précision de ses gestes trahissait son humeur sombre.

Le soir de leur rencontre, il s'était montré si naturel et décontracté avec elle… Sobre, c'était un tout autre homme, distant, en retrait derrière sa politesse froide. Mais pas besoin d'être devin pour comprendre qu'il était loin de se réjouir de l'irruption d'un possible enfant dans sa vie. Il ne voulait pas d'Alfie. Il avait beau se dire inquiet pour sa sécurité, il n'y avait rien de personnel dans son implication. Il ne sautait pas de joie à l'idée d'être père.

— Le test ADN est arrangé, l'informa-t-il après avoir raccroché. Maintenant, rasseyez-vous et racontez-moi précisément ce qui s'est passé le soir de notre rencontre.

C'est pas vrai ! Il revient à la charge ?

— Qu'avez-vous besoin de savoir de plus ? Alfie prouve mes dires, non ?

— Ce n'est pas la question, s'impatienta Tor. Vous croyez vraiment que je vais accepter de continuer à vivre avec ce trou dans ma mémoire ?

— Cela m'est égal d'avoir disparu de vos souvenirs, répliqua Pixie. Quel intérêt de revenir sur un événement qui vous contrarie à ce point ?

— Je ne suis pas contrarié.

— En colère, alors. Ou mortifié. Honnêtement, cela m'est égal, répéta-t-elle, déçue qu'il n'assume pas plus franchement ses émotions.

Tor poussa un soupir de frustration. Il n'avait pas l'habitude de se heurter à une telle résistance. Les femmes se pliaient invariablement en quatre pour le flatter et retenir son attention. Mais Pixie Miller ? Elle n'hésitait pas à le défier en le foudroyant de ses si jolis yeux bleus. Était-ce cette différence qui lui avait plu chez elle ? Était-il attiré par les femmes fortes et indépendantes ? Il ne l'avait jamais été avant. Il jouait toujours la prudence en choisissant des partenaires discrètes, conscientes qu'une liaison avec lui ne conduisait à rien de sérieux.

Alors qu'il avait couché avec une femme ce soir-là entre tous… Cela ne lui ressemblait pas. De quoi piquer sa curiosité. Il ne connaissait pas Pixie Miller, mais il se connaissait *lui*. De deux choses l'une : soit elle avait déployé tous ses talents de séductrice… soit elle était bien plus spéciale qu'elle ne le laissait voir.

4.

— Enlevez au moins votre manteau avant d'aller voir votre fils, proposa Tor. Vous ne partirez pas tant que nous n'aurons pas réglé cette histoire.

Pixie s'exécuta avec raideur.

— Il n'y a rien à régler. Et je dois retourner travailler à 19 heures.

— En confiant le bébé à votre frère ? Certainement pas, décréta Tor.

La jeune femme posa son manteau sur le dossier du fauteuil, révélant un ravissant fessier que moulait son jean serré. L'envie de l'attraper à pleines mains le prit par surprise. Depuis quand reluquait-il les femmes comme un adolescent libidineux ? Pixie Miller n'était même pas son genre ! Alors d'où venait cette brusque tension dans son aine ?

Elle était sexy. *Très* sexy, voilà tout. D'autant plus qu'elle ne cherchait pas à l'être. Il n'y avait rien de sensuel dans son apparence, rien d'étudié pour attirer le regard. Elle avait l'air de ce qu'elle était : une jeune mère aux revenus modestes. Mais cette description restait lacunaire et superficielle. Elle ne disait rien de ses boucles dorées, de ses grands yeux bleus et de sa moue butée, ni du charme irrésistible de cette combinaison.

Irrité par la réaction instinctive de son corps, il l'invita à le suivre et quitta le bureau pour s'engager dans le grand escalier menant à l'étage. Il n'avait même pas regardé le bébé, ni ne s'en était approché. À vrai dire, il évitait les enfants, car ils ravivaient trop de souvenirs de sa fille. Et voilà qu'il se retrouvait confronté à son pire cauchemar : un autre enfant et une femme à laquelle il était irrémédiablement lié. Tout ce à quoi il avait renoncé depuis la mort de Katerina et Sofia.

Non, ce bébé ne pouvait pas être de lui. Avait-il seulement couché avec cette femme ? Le doute était permis. Il gardait peu de souvenirs de ce soir-là, sinon qu'il avait franchi une limite en buvant plus que de raison. Il s'était réveillé dans une chambre inconnue avec un mal de tête atroce, mais tout habillé. L'idée ne l'avait même pas effleuré qu'il ait pu avoir eu une relation sexuelle. Au moment de quitter la maison, il avait cru entendre quelqu'un descendre l'escalier derrière lui, mais ne s'était pas donné la peine de se retourner, trop pressé de s'en aller. Après cet épisode, il s'était juré de ne plus jamais boire pour marquer cette date. C'était une habitude puérile qui devait cesser.

— Le voilà, annonça-t-il.

À peine ouvrit-il la porte que Pixie se précipita dans la pièce. Alfie, agrippé au rebord d'un lit parapluie, tentait de se hisser sur ses jambes avec son irrépressible énergie habituelle. Le cœur de Pixie fondit dans sa poitrine. Il était vraiment un drôle de mélange de ses parents, ayant hérité de ses boucles blondes et des yeux noirs de son père, ainsi que de son teint hâlé. Dès qu'il la vit, il tendit ses petits bras vers elle.

— Mm ! Mm !

— Je crois qu'il essaye de dire « maman ».

La jeune femme debout près du lit lui sourit.

— Je m'appelle Emma. C'est moi qui me suis occupée de… votre fils ?

Dans les bras de Pixie, Alfie s'accrochait de toutes ses forces et enfouit son petit visage dans le creux de son épaule. Pixie aurait étranglé son frère, en cet instant. Comment avait-il pu soumettre son fils à un tel traumatisme ? Elle n'avait jamais vu Alfie aussi apeuré. C'était un enfant confiant, qui n'hésitait pas à s'élancer tête la première vers l'inconnu au point de lui donner parfois des sueurs froides. Avec un soupir, elle le serra très fort contre elle.

— Enchantée, Emma. Je suis Pixie. Oui, c'est mon fils, confirma-t-elle. Mon Dieu, quelle frayeur j'ai eue !

Tout en parlant, elle chatouillait le ventre d'Alfie afin de l'apaiser. La technique fonctionna. Il se mit à gigoter dans ses bras en riant aux éclats.

— Quel charmeur, lança Emma. Quel âge a-t-il ?

— Neuf mois.

— Et déjà tout près de marcher ! Vous n'avez pas fini de vous faire des cheveux. Plus ils marchent tôt, plus ils sont téméraires !

Tor s'était figé devant les yeux noirs d'Alfie et son sourire espiègle. Ils lui rappelaient tellement son plus jeune frère, Kristo, âgé d'à peine dix-sept ans ! Troublé par la ressemblance, il détourna la tête. Et si cet enfant était vraiment le sien ? Un frisson le traversa. Les probabilités étaient minces, mais si c'était le cas, sa vie s'en trouverait totalement chamboulée. Il n'aurait d'autre choix qu'embrasser à nouveau tout ce à quoi il avait tourné le dos.

— Voici Alfie, lui dit Pixie en toute simplicité.

Elle posa le petit garçon par terre, et ce dernier attrapa un camion en plastique qu'il se mit à mordiller. Il ne quittait pas Tor des yeux, comme s'il le jaugeait. Tor aurait voulu disparaître. Ses souvenirs de Sofia menaçaient de l'engloutir sur place. Avec effort, il s'agenouilla devant Alfie, sans se soucier de salir son costume.

— Voulez-vous que je m'en aille, M. Sarantos ? demanda la nourrice.

— Non, nous avons encore besoin de vous. Mais prenez une pause tant que la mère d'Alfie est là, répondit-il en dissimulant son tumulte intérieur.

Emma hocha la tête et quitta la pièce. Alfie déposa le camion sur la cuisse de Tor et le fixa, dans l'expectative. Pixie dut percevoir sa gêne, car elle s'approcha :

— Laissez-moi faire…

— Non, cela ira.

Alfie s'esclaffa quand Tor se mit à pousser le camion sur le sol en faisant vroum vroum. Ses yeux s'embuèrent, et il se maudit d'être aussi sentimental. Le petit garçon lui tapota la cuisse pour indiquer qu'il souhaitait récupérer son jouet. Tor le lui rendit et se hâta de se relever.

— Désolé. J'ai perdu la main. J'évite les enfants depuis la mort de Sofia, admit-il avec franchise.

À quoi bon s'en cacher ? Il était évident qu'il en avait déjà trop dit à cette jeune femme lors de leur première rencontre.

Pixie se fustigea de son manque de tact. Comment n'avait-elle pas pensé qu'Alfie ressusciterait chez Tor des souvenirs qu'il préférerait garder enfouis ? D'un autre côté, cette réaction l'attristait, car Alfie était aussi son enfant. Même s'il avait besoin d'une preuve pour l'accepter.

Un coup à la porte la tira de ses réflexions. La gouvernante annonça à Tor l'arrivée d'un visiteur.

— Sans doute le technicien ADN. Je vous l'envoie dès que j'ai fini avec lui.

Pixie n'en revenait pas.

— Comment avez-vous fait pour arranger tout cela si vite ? s'exclama-t-elle.

— Disons que l'argent facilite bien des démarches, répondit Tor. Il faudra toutefois attendre vingt-quatre heures avant d'avoir le résultat.

— Pour ma part, il n'y a pas de suspense.

— Vous n'avez donc aucun doute ?

Pixie s'empourpra, mais leva le menton et soutint son regard.

— Vous êtes mon premier et le seul. Personne d'autre ne peut être le père d'Alfie.

Tor accusa le coup. Il l'étudia de la tête aux pieds avec suspicion.

— Quel âge avez-vous ? demanda-t-il.

— Vingt-deux ans. Vous m'avez posé la même question, ce soir-là. C'est énervant. Tout le monde me croit plus jeune que je ne suis.

Tor quitta la pièce en proie à un désagréable sentiment de culpabilité. Si cet enfant était le sien, cela signifiait qu'il avait séduit une jeune femme de vingt et un ans sans aucune expérience, qu'il n'avait ensuite pas reconnue quand elle avait recherché son soutien, seule et enceinte de lui. Sa conduite envers elle était inqualifiable ! Mais peut-être était-ce l'électrochoc dont il avait besoin. Toute cette histoire lui faisait réaliser à quel point il avait vécu dans sa bulle, ces six dernières années.

Le fait est qu'il était resté bloqué dans le passé. Alors qu'il croyait garder la tête haute face à l'adversité, il n'avait fait que fuir la douloureuse réalité : sa femme et son demi-frère l'avaient trahi. Il ne l'acceptait toujours pas, raison pour laquelle il n'avait jamais réussi à tourner la page. Aujourd'hui, une femme innocente en payait le prix, victime collatérale de son immobilisme. Une part de lui priait pour que cet enfant ne soit pas de lui. Ce qui lui arrivait le dépassait, et il n'était pas sûr de savoir comment faire face.

Le test sur Alfie ne prit que quelques minutes. Le technicien parti, Pixie joua un moment avec lui, puis le coucha pour une sieste bien méritée. Elle avait mis son téléphone en mode avion, car Jordan avait essayé de l'appeler à plusieurs reprises. Elle n'était pas d'humeur à lui parler et ne savait que lui dire. Il avait détruit toute la confiance qu'elle avait en lui. Mais elle avait aussi conscience d'avoir mis sa patience à rude épreuve.

C'était par pur orgueil qu'elle s'était reposée sur lui au lieu de s'imposer auprès du père d'Alfie. Cette maudite fierté ne lui avait pas rendu service. Depuis des mois, Jordan était contraint de rester à la maison le soir pendant qu'elle travaillait. Un sacrifice considérable pour un jeune homme célibataire. Plus grave encore, il se retrouvait dans l'impossibilité de chercher un autre travail, car seuls ses horaires flexibles de serveur lui permettaient de s'occuper d'Alfie en son absence. Sa décision de garder son bébé avait profondément affecté la vie de Jordan. Au fond, elle n'en avait fait qu'à sa tête en choisissant d'élever seule son enfant avec l'aide de son frère.

Pixie éprouva un élan de culpabilité. C'était sa propre conduite qui avait poussé Jordan à un acte désespéré pour l'obliger à affronter Tor. Abandonner Alfie devant sa porte était la pire façon de s'y prendre, c'était indiscutable. Mais tout cela aurait pu être évité si elle avait suivi son conseil et pris un avocat durant sa grossesse afin de réclamer une pension alimentaire.

Emma entra dans la chambre sur la pointe des pieds.

— M. Sarantos vous invite à le rejoindre pour le déjeuner, chuchota-t-elle. Je garde un œil sur Alfie.

Pixie consulta sa montre. Bientôt, elle devrait rentrer se préparer pour sa garde. La gouvernante l'attendait dans le couloir et la conduisit dans une salle à manger fastueuse. L'argenterie et les verres en cristal étincelaient sur la table dressée pour deux. Tor s'avança dans la pièce, exsudant charisme et détermination.

— Je me suis dit que vous deviez avoir faim.

— Je ne vais pas pouvoir rester très longtemps, l'informa Pixie, mal à l'aise.

— Vous ne m'avez toujours pas expliqué ce qui s'est passé entre nous, insista Tor.

Au grand dam de Pixie.

— Cela n'a plus d'importance, aujourd'hui…

— Mon fils a été conçu cette nuit-là. C'est très important, au contraire, la contredit-il.

Par chance, un domestique en veste blanche immaculée entra à ce moment-là pour leur servir le vin.

— Pas pour moi, merci, déclina Pixie.

L'homme parti, elle donna libre cours à son ébahissement.

— Vous êtes entouré d'employés, ici !

— J'ai beaucoup de travail, répondit Tor. Mon personnel me décharge des corvées chronophages. Que diriez-vous de confier Alfie à Emma cette nuit ?

Pixie se raidit.

— Je préfère le ramener à la maison.

— Et le laisser à votre frère ? Accordez-lui au moins une soirée.

Elle hésita. Tor marquait un point. Elle avait besoin de parler à Jordan avant de pouvoir à nouveau lui faire confiance avec Alfie.

— Juste une nuit, capitula-t-elle. Et seulement parce que je dois aller travailler. Il faut que je passe à la maison récupérer ses affaires…

— Tout ce dont il a besoin peut être acheté.

— Pas son lapin en peluche préféré, objecta Pixie. Il ne dort jamais sans. Les bébés ont besoin d'être entourés d'objets familiers. Cela les rassure.

Elle soupira.

— J'ai aussi besoin de nourrir mon chat. Quand puis-je récupérer Alfie demain ?

— Une chambre va être préparée pour vous, déclara Tor. Vous pourrez venir vous y reposer après votre garde. L'avantage est que vous serez sur place quand le résultat du test ADN nous sera communiqué.

Tor avait déjà parfaitement intégré ses impératifs et ceux d'Alfie dans son emploi du temps, constata Pixie. Cette ingérence dans sa vie la dérangeait. Mais impliquer les autorités risquait de déclencher une réaction en chaîne plus pernicieuse encore. Son petit numéro de « citoyen responsable » n'était qu'une menace déguisée. Il l'avait prise au piège en la privant de tout choix.

— Cette nuit-là…

Le regard de Tor happa le sien. L'intensité dans ses yeux lui coupa momentanément la voix. Pixie finit par céder, mais en se contentant du strict minimum. Pendant qu'ils mangeaient, elle lui raconta leur rencontre dans la cuisine, le croque-monsieur qu'elle lui avait préparé et son accident contre la porte du placard.

— C'est vrai, j'avais une bosse à la tempe, confirma Tor avec un froncement de sourcils. Je me suis demandé si j'étais tombé ou si j'avais eu une altercation…

— Votre taxi n'arrivait pas. Cela aussi, c'est ma faute, avoua Pixie. Je n'étais là que pour deux semaines, et je vous ai donné le mauvais numéro de maison. Je m'en suis rendu compte quelques jours plus tard.

Tor se laissa aller contre le dossier de sa chaise, son verre de vin à la main.

— Tout cela, ce sont des faits bruts, remarqua-t-il. Il n'y a rien de personnel là-dedans. Rien qui explique comment nous avons fini au lit ensemble.

— Votre imagination n'a qu'à combler les vides, éluda Pixie.

— Jamais je n'aurais cherché une aventure ce soir-là, affirma Tor. Cela aurait été contraire à mes habitudes.

— Vous aviez bu.

— Vous étiez vierge, rétorqua-t-il. Ce n'était à l'évidence pas dans vos habitudes non plus.

Pixie sentit ses joues s'embraser. Quelle grande classe de lui jeter cela à la figure…

— Eh bien, je ne peux pas le nier ! J'étais très attirée par vous.

Un sourire spontané éclaira le visage de Tor, chassant la gravité de ses traits.

— Je vois.

— Est-ce assez personnel pour vous ? demanda Pixie en se levant abruptement de table.

Cela l'amusait à ce point de l'embarrasser ? Qu'est-ce qui lui avait pris, aussi, d'être si honnête avec lui ? Tor se leva à son tour. L'éclat de braise de ses yeux la stoppa net dans sa retraite vers la porte. Impossible de bouger tandis qu'il comblait la distance entre eux d'une démarche féline.

— Non, loin de là, susurra-t-il. Figurez-vous que j'ai très envie de vous embrasser.

Cette phrase familière acheva de la déstabiliser.

— C'est aussi ce que vous m'avez dit, ce soir-là…

— Et qu'avez-vous répondu ?

Elle retint son souffle.

— Alors, embrassez-moi.

L'extrémité de sa langue caressa ses lèvres scellées. Une décharge électrique traversa Pixie. Son corps, traîtreusement, réclamait plus, inondé par un désir irrépressible. Comment Tor faisait-il cela ? Une ébauche de baiser, et tous ses sens s'étaient réveillés d'un coup, comme s'il avait appuyé sur un bouton magique. Son souffle s'accéléra. La main de Tor dans le creux de son dos faisait courir mille frissons en elle. Elle se sentait à l'étroit dans son soutien-gorge, la fine dentelle tendue sur ses tétons durcis. Ses lèvres s'entrouvrirent, et il en profita pour prendre sa bouche d'assaut.

La déferlante de chaleur entre ses cuisses lui donna le vertige. Le désir pulsait dans chaque fibre de son être. Un spasme incontrôlable l'agita. Ce n'était qu'un baiser, mais son corps affamé s'en délectait comme d'un festin. Tor la plaqua contre la table, et elle plongea les doigts dans ses cheveux tandis qu'il ravageait fiévreusement sa bouche. La terre aurait pu s'ouvrir sous ses pieds, elle n'aurait rien remarqué. Le monde s'était effacé. Seul Tor existait, et la pression de son érection contre son ventre. La passion avide de sa langue. Son corps viril piégeant le sien.

Le souffle haché, il rompit leur baiser et recula. Ses yeux brillaient d'une intensité nouvelle.

— Plus besoin de te demander comment c'est arrivé. Notre alchimie parle d'elle-même. Je commence à me rappeler… Le goût de ta peau et… Des cheveux verts ? *Diavole*, est-ce que je t'ai comparée à une fée de la forêt ? Je devais vraiment être ivre mort pour débiter des bêtises pareilles !

Pixie recula aussi, ébranlée par cet élan de passion qui l'avait poussée dans ses bras malgré elle. Elle avait le sentiment de s'être trahie. Elle n'était même pas soulagée que la mémoire lui revienne. Au contraire, elle se sentait plus mortifiée et vulnérable que jamais.

— J'avais teint mes cheveux sur un coup de tête. Ils sont restés verts un moment avant que la teinture s'en aille complètement, expliqua-t-elle. Et tu ne m'as comparée à une fée de la forêt que parce que je t'ai raconté qu'un collègue trouvait que je ressemblais à un leprechaun.

Tor considéra la jeune femme avec perplexité. Elle vivait vraiment sur une autre planète ! Avait-elle la moindre idée de ce qui venait de se passer ? Apparemment, non. Une telle affinité sexuelle était rare. Il avait perdu tout contrôle avec elle. Cette fille d'allure inoffensive était une véritable bombe. Il n'avait eu qu'une envie, l'allonger sur la table et la prendre là, sans autre préliminaire.

Réfréner sa libido était nouveau pour lui. D'ordinaire, Tor n'avait qu'à claquer des doigts pour assouvir ses besoins. Jamais il n'avait eu à amadouer ses partenaires. Mais aucune femme n'avait jamais enflammé son désir comme Pixie. Au moins, il avait sa réponse. L'effet qu'elle avait sur lui expliquait sans équivoque ce qui s'était passé cette nuit-là. Mais plus la mémoire lui revenait, plus ses réactions le stupéfiaient. « La meilleure expérience sexuelle de toute ma vie », c'était ce qu'il s'était dit en sombrant dans le sommeil, repu et satisfait… Chassant cette pensée, il se força à revenir au présent.

— Une limousine va te déposer chez toi et te ramènera ici demain. Veux-tu que je t'accompagne ? proposa-t-il. Tôt ou tard, il faudra bien que je parle à Jordan.

Même si l'enquête qu'il avait commandée à son chef de la sécurité lui apprendrait tout ce qu'il avait besoin de savoir sur le frère et la sœur.

— Pourquoi voudrais-tu lui parler ?

— Parce qu'il est clair que tu n'as aucun contrôle sur lui, répondit Tor avec sévérité.

Pixie serra les dents. Elle n'était pas en position de force après ce qu'avait fait Jordan. Une autre stratégie s'imposait. Peut-être que si elle se montrait conciliante, il en ferait autant.

— Écoute, va pour une nuit ici, dit-elle. Mais je tiens à ce que les choses rentrent dans l'ordre au plus vite. Ne t'inquiète pas, je me charge de Jordan.

— Comment ? la défia Tor.

— Je ne peux pas défendre sa conduite de ce matin, concéda-t-elle. Mais c'est mon frère et la seule famille qu'il me reste. Il a été là pour moi quand il n'y avait personne d'autre pour m'aider, alors sois indulgent.

— Si cet enfant est le mien, nos vies ne seront plus jamais les mêmes, asséna Tor. Te promettre le contraire serait mentir.

Pixie se mordit la langue pour ne rien dire qu'elle risquait de regretter. Pourquoi devrait-il interférer avec sa vie ? Elle l'acceptait volontiers comme figure paternelle pour Alfie. Il remplirait mieux ce rôle que Jordan. Tor comptait sans doute passer du temps avec leur fils et contribuer à subvenir à ses besoins. Mais elle espérait que cela en reste là. Après tout, rien de personnel ne les liait, en dehors de leur aventure d'un soir et de la conception accidentelle d'Alfie.

Oh ! vraiment ? persifla une petite voix dans sa tête.

Et ce baiser ? Avec quel empressement elle y avait répondu ! Il n'avait pas été question de figure paternelle ou de soutien financier. Cela avait été on ne peut plus personnel. Intime, même. Pixie en était mortifiée. Quelques secondes avaient suffi à anéantir toutes ses défenses.

— Pourquoi l'as-tu appelé Alfie ?

— C'était le prénom de mon grand-père, répondit-elle. Un homme formidable. Il est décédé quand j'avais six ans, mais je ne l'ai jamais oublié.

Tor la raccompagna à la porte et attendit avec elle en silence jusqu'à l'arrivée d'une rutilante limousine noire.

— J'ai un rendez-vous, l'informa-t-il. On se revoit demain matin.

Pixie acquiesça d'un hochement de tête et prit congé. Ses yeux s'arrondirent lorsque le chauffeur vint lui ouvrir la portière. À l'intérieur, elle s'enfonça dans le confortable siège en cuir gris, sans rien oser toucher de peur de faire une bêtise.

La maison était vide lorsqu'elle y entra. Jordan était sorti, sans doute pour se soustraire à ses inévitables reproches. Elle rassembla en hâte les affaires d'Alfie avant de se changer, consciente qu'elle n'avait pas de temps à perdre.

« Si cet enfant est le mien, nos vies ne seront plus jamais les mêmes. »

Pixie fulminait encore après cette déclaration. Tor Sarantos ne changerait dans sa vie que ce qu'elle voudrait bien qu'il change, décida-t-elle. Ni elle ni Alfie ne lui appartenaient. En aucun cas il ne l'obligerait à quoi que ce soit contre son gré.

5.

— Le père d'Alfie doit prendre ses responsabilités. Sur ce point, Jordan a raison.

Pixie déjeunait avec Eloise à la cantine de l'hôpital. Cette déclaration l'étonna. Depuis sa rupture avec son frère, les deux amies, par accord tacite, évitaient de le mentionner.

— Je ne m'attendais pas que tu le défendes, dit Pixie.

— Je ne le défends pas, précisa Eloise avec gravité. Si tu veux tout savoir, le mieux serait de prendre tes distances avec lui, où il te mettra sur la paille comme il l'a fait avec moi.

Eloise poussa un soupir.

— Désolée d'être aussi brutale, Pixie, mais Jordan m'a ruinée. L'argent manquait toujours, et ses explications ne tenaient pas la route. Quand je l'ai accusé d'être accro au jeu, il m'a ri au nez. Je n'avais aucune preuve. Si le père d'Alfie t'offre son soutien financier, accepte-le et fuis aussi loin que possible de Jordan.

— Accro au jeu ? répéta Pixie, incrédule.

— Je ne vois que cela. D'où crois-tu que viennent les dettes dont il se plaint sans arrêt ? chuchota Eloise afin que leurs voisins de table n'entendent pas. Il ne fume pas, ne se drogue pas et ne mène pas la grande vie. L'argent disparaît bien quelque part. Si cela continue, toi et Alfie allez vous retrouver à la rue. Quand j'ai emménagé avec vous, les arriérés de paiement s'accumulaient déjà.

Pixie fronça les sourcils.

— Mais je lui donne l'essentiel de mon salaire chaque mois pour rembourser le prêt, objecta-t-elle.

— Vérifie par toi-même, insista son amie. Cesse de confier la gestion du budget à Jordan. Je parie qu'il te roule dans la farine, toi aussi.

Le jour se fit dans l'esprit de Pixie.

— C'est pour cela que tu l'as quitté, n'est-ce pas ? Parce que tu penses qu'il est malhonnête. Mais s'il était vraiment ce genre de personne, pourquoi veillerait-il sur moi depuis si longtemps ?

Eloise secoua tristement la tête.

— Personne n'est tout noir ou tout blanc, tu sais. Crois-moi, si Jordan a abandonné Alfie devant la porte de son père milliardaire, c'est qu'il espérait y gagner quelque chose.

— Tu aurais dû me confier tes soupçons plus tôt, murmura Pixie, le cœur lourd.

Cela faisait beaucoup à assimiler. Si seulement ses parents étaient toujours en vie, elle aurait cherché conseil auprès d'eux. Apprendre que Jordan avait sans doute dilapidé leur argent dans son dos était un véritable coup de massue.

— Après notre rupture, je ne me voyais pas le critiquer auprès de sa propre sœur, se justifia Eloise. J'ai préféré tourner la page.

Après cette conversation, Pixie eut un mal fou à se concentrer sur son travail. Mille conjectures se bousculaient dans sa tête. Lorsqu'elle quitta l'hôpital, elle eut la désagréable surprise de tomber sur Jordan qui l'attendait dehors. Elle n'était pas prête pour cette confrontation, tout en sachant qu'elle était inévitable. Son frère lui emboîta le pas sans oser la regarder, clairement mal à l'aise.

— Je suis désolé. Je n'avais pas le choix…

— On a *toujours* le choix, le coupa-t-elle sèchement.

— Non, pas cette fois.

Il s'affala sur un banc surplombant le parking.

— Tu n'as suivi aucun de mes conseils. Tu as refusé de réclamer une pension alimentaire par la voie légale.

— C'est vrai, mais…

Pixie répugnait encore à admettre qu'elle s'était trop reposée sur lui.

— La maison va être saisie, confessa Jordan, la mine sombre.

Le sang reflua de ses joues.

— C'est impossible. On aurait reçu des courriers de mise en demeure.

— Je te les ai cachés. J'espérais arranger la situation. Mais j'en suis incapable, murmura son frère. Il fallait que je te force à parler à Sarantos afin qu'il soit là pour veiller sur Alfie et toi. Je ne veux pas que tu finisses dans un foyer à cause de ma stupidité.

Les genoux de Pixie lâchèrent, et elle se laissa choir à son tour sur le banc, bouleversée par cet aveu brutal.

— Mais je t'ai donné de l'argent tous les mois…

— Il n'y a plus rien. Je suis désolé. On va perdre la maison.

Eloise avait vu juste. Pixie nageait en plein cauchemar, aspirée dans une spirale sans fin.

— Comment avons-nous pu en arriver là ? balbutia-t-elle, la voix étranglée.

Jordan se leva en évitant son regard.

— Je suis désolé, répéta-t-il.

Et il s'en alla précipitamment.

Pixie prit finalement un taxi pour rentrer chez Tor. Elle était dans un état d'agitation extrême, et la fatigue n'aidait pas. L'état mental de Jordan l'inquiétait, en plus de leur expulsion imminente. Du jour au lendemain, sa petite vie si tranquille s'effondrait. Ses parents lui manquaient plus que jamais. Jordan lui avait menti. Elle ne pouvait plus lui faire confiance. Dans sa situation, passer la porte de la luxueuse villa de Tor avait quelque chose de surréaliste. Que faisait-elle là ? Elle n'avait pas sa place ici.

À l'étage, elle trouva Emma en train de donner son bain à Alfie. Pixie insista pour prendre le relais. Ces moments privilégiés avec son fils le matin lui tenaient à cœur. Elle adorait le voir si joyeux et débordant d'énergie à l'aube d'une nouvelle journée. Lorsqu'elle descendit dans la salle à manger, la gouvernante, Mme James, lui apporta une chaise haute et esquissa même un sourire à son égard. Tor, semblait-il, était déjà parti. Au grand soulagement de Pixie.

Après un petit déjeuner digne d'un hôtel cinq étoiles, elle confia Alfie à Emma et se retira dans sa chambre. Tout lui paraîtrait plus surmontable après quelques heures de sommeil, se persuada-t-elle en se glissant dans l'énorme lit douillet. La nuit portait conseil. Qui sait, une solution lui viendrait peut-être en dormant. Elle s'efforçait de ne pas trop angoisser à propos de l'avenir. Mais une chose était sûre : hors de question de dépendre de Tor.

Il pourrait s'investir dans la vie d'Alfie, mais leur propre relation resterait strictement matérielle. Il ne pourrait rien y avoir d'affectif entre eux, encore moins de physique. La dernière chose dont elle avait besoin était de s'impliquer avec un homme encore amoureux de sa femme défunte, qui l'avait trompé de surcroît. Le bon sens lui dictait de garder ses distances. Mais Tor Sarantos avait le don jouer avec sa raison. Elle avait déjà commis une erreur avec lui. Celle-ci ne se répéterait pas. Elle s'en fit le serment.

Tor résista à la tentation de déchirer l'enveloppe contenant le résultat du test ADN, livrée à l'instant à son bureau. D'instinct, il savait qu'Alfie était son fils. Cette vérité s'était imposée à lui quand le sourire du petit garçon s'était superposé devant ses yeux à celui de son jeune frère Kristo. Le vrai problème concernait le rapport d'enquête sur Pixie et son frère. Son contenu le tracassait. Il avait beau savoir que ces informations jouaient en sa faveur en rendant Pixie dépendante de lui, il répugnait à lui annoncer la mauvaise nouvelle. Leur relation était déjà assez tendue comme cela. Mais quel choix avait-il ?

Mme James l'accueillit avec stupeur lorsqu'il rentra à la villa durant la pause déjeuner, chose qu'il ne faisait jamais. À peine le temps de lui demander un café, et il s'enfermait dans son bureau. Sans plus attendre, il décacheta l'enveloppe et inspira profondément avant de regarder le résultat.

Correspondance à 99 %.

Le choc de cette confirmation lui donna le vertige. Mais très vite, l'exaltation prit le dessus. Galvanisé, il monta quatre à quatre se changer dans sa chambre. Il était père. Pour la première fois, il était bel et bien père ! Une joie indicible lui gonflait la poitrine. Avec Sofia, il avait pris sa paternité pour acquise, sans se poser de questions. Jusqu'à l'accident qui leur avait coûté la vie, à elle et sa mère.

Katerina avait installé la fillette dans la voiture contre sa volonté. Il ne pouvait s'y opposer selon elle, car Sofia n'était pas de lui, mais de son amant. Une rage incontrôlable s'était emparée de Tor. Plus jamais il ne laisserait une femme le réduire à un tel état d'impuissance, il se l'était juré. Il était père, et un père avait des droits… non ? Ne pas être marié à la mère changeait-il la donne ? Ses avocats le renseigneraient sur ce point. Il avait besoin de connaître sa position légale vis-à-vis de son fils.

Sitôt changé, il se rendit dans la chambre d'Alfie. Le petit garçon dormait, le visage blotti contre un vieux lapin en peluche râpé. Tor le contempla avidement. Il lui démangeait de le réveiller et de le prendre dans ses bras, tout en sachant qu'il ne pouvait pas. Sa propre histoire familiale revint le hanter.

Son frère aîné, Sevastiano, n'avait pas grandi avec lui, car sa mère italienne, Francesca, avait quitté leur père déjà enceinte afin d'épouser un autre homme. Hallas Sarantos avait remué ciel et terre pour faire valoir ses droits sur son fils. En vain. Un enfant né au sein d'un couple marié était considéré comme celui de l'époux, et les tests de paternité n'en étaient alors qu'à leurs balbutiements. Sans preuve d'un lien de sang, la loi avait exclu Hallas de la vie de Sevastiano, aidée en cela par l'hostilité du mari de Francesca.

Avec cet exemple en tête, Tor appela sans attendre ses avocats. Ce qu'ils lui apprirent confirma ses pires craintes. Au Royaume-Uni, un père célibataire n'avait aucun droit de garde, ni même de visite, sans le consentement de la mère. Il ne comptait pour rien.

Pixie sortait de la salle de bains quand on frappa à la porte de sa chambre. Elle avait dormi comme un loir. Mais dès son réveil, toutes ses angoisses étaient aussitôt revenues. Si la maison était saisie, où vivrait-elle ? Comment jonglerait-elle entre Alfie et son travail sans l'aide de Jordan ? Vérifiant que sa serviette était bien nouée, elle entrebâilla la porte.

— C'est Tor. Il faut qu'on parle.

— Maintenant ?

Instinctivement, elle recula. Tor dut y voir une invitation, car il entra sans hésiter.

— Cinq minutes, insista-t-il.

Pixie le dévora des yeux malgré elle. Il était à tomber en pull noir sur un jean délavé épousant ses hanches étroites et ses cuisses musclées. Elle s'obligea à regarder ailleurs, les joues en feu.

— J'ai besoin de me rhabiller, dit-elle avec embarras.

— Tu es assez couverte, non ?

En effet, la serviette était si grande qu'elle l'enveloppait quasi tout entière, du haut des seins aux chevilles. Résignée, elle s'assit sur le bord du lit et s'exhorta au calme. Il faudrait bien qu'elle apprenne à se détendre en sa présence.

— J'ai le résultat du test ADN, annonça-t-il. Alfie est bien mon fils. Une sérieuse discussion s'impose.

— Oui, convint Pixic. Si ton intention est de jouer un rôle actif dans sa vie…

— Je n'ai pas été présent jusque-là. Mais cela va changer, décréta-t-il avec fermeté.

— Ce serait une bonne chose pour Alfie.

— Pour toi aussi.

Tor était hypnotisé par l'image qu'elle présentait, si minuscule et fragile dans son immense serviette, ses boucles blondes encore humides après sa douche. Comment faisait-elle pour être à la fois aussi mignonne et incroyablement sexy ? Soudain, cette petite blonde devenait la femme la plus fascinante qu'il ait jamais rencontrée. Parce qu'elle était la mère de son fils, se persuada-t-il. Rien à voir avec le fait qu'il brûlait de lui arracher sa serviette et de la renverser nue sur le lit. Ce n'était que du désir, un élan purement physique et naturel. Rien de plus.

Pixie rougit, troublée par la teneur de ses propos.

— Je ne vois pas en quoi, bredouilla-t-elle. Bien sûr, nous allons devoir apprendre à nous entendre. Au fond, c'est mieux que nous n'ayons jamais eu de vraie relation. Cela nous évitera bien des complications.

Tor n'était pas de cet avis. Les circonstances de la conception d'Alfie étaient tout sauf idéales. Il n'avait aucune envie d'être tenu à l'écart comme un étranger.

— J'aimerais que mon nom figure sur l'acte de naissance, l'informa-t-il. La démarche implique certains formulaires à remplir ainsi qu'un passage au tribunal.

— Tu en sais plus que moi, admit Pixie, nerveuse à la mention du tribunal. C'est vrai qu'au moment de déclarer sa naissance je n'ai pas pu ajouter ton nom sans ta présence ou ton accord explicite.

— Nous verrons cela.

— Est-ce que je peux m'habiller, maintenant ? Je te rejoins en bas.

Tor quitta la chambre, préoccupé par ce dossier sur ce frère qu'elle idolâtrait pour son supposé sacrifice en devenant son tuteur légal. Ce qu'il avait à lui dire la ferait tomber de haut, mais il ne pouvait lui dissimuler la vérité. Sa sécurité et celle de leur fils étaient en jeu.

Pixie enfila un pull large, une jupe plissée et une paire de bottines. Une chance qu'elle ait quelques jours de congé devant elle. D'ordinaire, elle en profitait pour emmener Alfie au parc et siroter un café quelque part. Mais ce genre de dépense superflue lui était désormais interdit. Elle allait devoir économiser chaque centime, contrainte de trouver un nouvel endroit où vivre. Son estomac se noua. C'était toute sa vie qui s'écroulait tel un château de cartes. Comment allait-elle s'en sortir ? Elle avait beau gagner correctement sa vie, son salaire ne couvrirait pas à la fois le loyer et les frais de crèche.

Tor patientait dans le salon quand Mme James vint déposer un plateau à café sur la table basse.

— Nous nous servirons nous-mêmes, dit-il à la gouvernante, qui s'éclipsa.

Pixie apparut au même moment, dans une tenue pour le moins éclectique. Son regard remonta le long de ses jambes galbées jusqu'au chignon brouillon au sommet de sa tête, une coiffure qui faisait ressortit le bleu de ses yeux. Elle était si naturelle et candide… Tout ce qu'il n'avait jamais recherché chez une femme, et qui lui paraissait soudain irrésistible.

Pixie s'assit sur l'un des larges canapés et prit l'initiative de servir le café. Noir, avec un sucre pour Tor, se souvenait-elle. La nervosité la gagna. Qu'est-ce qu'il pouvait bien avoir à lui dire ? Que voulait-il exactement ? Son nom sur l'acte de naissance ? Elle n'y voyait aucune objection.

— Dès que tu m'as annoncé que cet enfant était de moi, j'ai fait faire une enquête sur ta famille, commença-t-il.

— Une enquête ? répéta Pixie, consternée.

— Désolé si cela te déplaît. Mais j'avais besoin d'en savoir plus sur toi. Ce genre de précaution est indispensable dans ma position.

Pixie força un sourire sur ses lèvres.

— Je n'ai rien à cacher.

— Toi, non. Mais ton frère…

— Si c'est au sujet de ses dettes et de la saisie de la maison, je suis au courant, le devança-t-elle. Il est venu me voir aujourd'hui, après ma garde. Il m'a tout raconté.

— Je crains que ses cachotteries n'aillent beaucoup plus loin, répondit Tor.

Pixie fonça les sourcils.

— Que veux-tu dire ?

— Au décès de tes parents, la maison n'a été léguée qu'à toi seule.

— Non, elle nous a été léguée à Jordan et moi, le corrigea-t-elle.

— Jordan avait tout intérêt à te le laisser croire. Mais la maison appartenait à l'origine aux parents de ta mère, lui rappela Tor. Et ta mère tenait tellement à ce que toi seule en hérites qu'elle a rédigé son testament dès son mariage avec votre père, dans l'éventualité où ils aient des enfants ensemble. Les services sociaux savaient que la maison te revenait. Mais quand Jordan a demandé ta tutelle, il avait un travail et offrait l'image d'un citoyen respectable, à même de prendre soin de sa jeune demi-sœur.

Pixie nageait en pleine confusion.

— Jordan n'avait aucune part dans la maison ?

— Non. Devenir ton tuteur légal lui garantissait un logement gratuit. Quand tu as été assez âgée, il t'a fait signer des documents lui permettant de l'hypothéquer.

— La cuisine et la salle de bains avaient besoin d'être rénovées, déclara-t-elle. Nous avons tous les deux signé pour l'emprunt.

— Il a dû te présenter des documents contrefaits. Tu étais jeune et sans expérience. Cela n'a pas été difficile pour lui de te duper. Avoir son nom sur l'emprunt lui a permis d'en profiter dans ton dos.

Pixie cilla, sous le choc. Ce qu'elle entendait dépassait tout ce qu'elle aurait pu imaginer. Tor était-il vraiment en train de suggérer que son frère avait profité de son ignorance pour l'escroquer et lui voler son héritage ?

— L'emprunt était honnête, insista-t-elle, se raccrochant désespérément à ce qu'elle pouvait. Les travaux étaient nécessaires. C'était le seul moyen de les financer.

— Mais Jordan a empoché l'essentiel du prêt, le reste ayant servi, je suppose, à quelques rénovations mineures dans la maison, avança Tor. Pour autant que je puisse en juger, c'est là que l'addiction au jeu a empiré. Il joue, il perd, il emprunte de plus en plus auprès de personnes douteuses et s'enfonce dans les dettes. Le schéma classique.

— Alors il a besoin d'aide, murmura Pixie, ébranlée par ces révélations.

Comment son frère avait-il pu tomber si bas sans qu'elle s'aperçoive de rien ? Comment le guérir d'une telle addiction ? Elle se sentait profondément démoralisée, tout à coup, car Jordan était sa seule famille. Elle tenait toujours à lui, même si l'homme qu'il était aujourd'hui n'était plus celui qu'elle avait connu avant.

— Il mérite d'être puni pour ce qu'il t'a fait, objecta Tor, les lèvres pincées.

— Maman aurait dû nous léguer la maison à tous les deux, affirma Pixic, prenant la défense de son frère. Être mis à l'écart a dû lui faire beaucoup de peine.

— Il n'était pas son fils. La plupart des parents préfèrent léguer leurs biens à leurs enfants biologiques.

Pixie se leva d'un bond, furieuse.

— Alors tu crois qu'il s'est occupé contre moi à cause de la maison ? Eh bien, c'est stupide ! Il m'a peut-être soutiré de l'argent, mais il tient à moi !

— Je ne dis pas le contraire, mais le fait est qu'il t'a dépouillée. Tu avais une maison et un avenir stable, avant. À cause de lui, tu croules sous les remboursements d'emprunts, immobilier et étudiant. Des personnes mal intentionnées le recherchent pour récupérer leur argent, ajouta Tor avec gravité. Toi et Alfie êtes en danger. Tu ne peux pas retourner dans cette maison, ni voir Jordan en public.

— Ne me dis pas ce que je peux ou ne peux pas faire ! s'emporta-t-elle.

— Ta sécurité et celle de mon fils passent avant tout.

— Tu ne voulais rien avoir à faire avec moi quand j'étais enceinte, l'année dernière. Comment pourrais-je te faire confiance ?

— Tu sais, maintenant, que j'avais oublié qui tu étais. Si je te dis tout cela, c'est parce que tu as besoin de le savoir, affirma Tor d'un ton posé. Je ferai tout pour que ni toi ni Alfie n'ayez plus à payer pour les erreurs de Jordan.

Les conséquences de ce que lui disait Tor faisaient peu à peu leur chemin dans la tête de Pixie.

— Mais il faut bien que je rentre, balbutia-t-elle. J'ai mon chat à nourrir et toutes mes affaires sur place.

— Je m'en occupe. Il y a de grandes probabilités pour que les créanciers de ton frère pillent la maison afin de récupérer ce qu'ils peuvent vendre.

Pixie porta la main à sa bouche, horrifiée par la tournure des événements.

— Mon Dieu, murmura-t-elle. C'est un cauchemar…

— Pas si tu me fais confiance.

Tor sortit son portable, et elle le regarda en silence composer un numéro. Il resta au téléphone une dizaine de minutes avec l'air d'énumérer des instructions à quelqu'un.

— Mon équipe de sécurité va t'accompagner chez toi. Alfie reste ici, décréta-t-il.

Désormais à la rue, Pixie n'avait plus son mot à dire. La pilule avait du mal à passer.

— Je ne peux pas emménager ici, protesta-t-elle.

— Alfie et toi êtes les bienvenus.

— Alors pour quelques jours peut-être, le temps que je trouve un appartement. Heureusement que je suis en congé. Je vais demander à une collègue si elle serait d'accord pour une colocation…

Elle s'enfouit le visage entre les mains, submergée par la réalité de sa situation.

— Je préférerais que tu t'installes chez moi, insista Tor. Cela me permettrait de tisser une vraie relation avec Alfie.

— Est-ce vraiment important pour toi ?

— Plus que tout. Tu n'imagines pas ce que l'existence d'Alfie signifie pour moi.

Cette réponse déconcerta Pixie. Elle se méfiait de ce virage à 180° de sa part. Mais il semblait sincère. Elle revit son regard hanté lorsqu'il avait évoqué la mort de sa fille et se mordit la langue. Sans doute avait-il simplement eu besoin d'une confirmation qu'Alfie était bien son fils pour s'intéresser à lui.

— Toi et moi avons démarré du mauvais pied. Mais rien ne nous empêche d'y remédier, dit Tor d'un ton bourru.

— C'est vrai, convint-elle, touchée par sa bonne volonté.

— Avec le temps, je suis sûr que nous pourrions faire quelque chose de cette… attraction entre nous. Peut-être même envisager le mariage.

Pixie manqua s'étrangler. Avait-elle bien entendu ?

— Toi et moi ? Nous marier ? Jamais de la vie, asséna-t-elle catégoriquement, soucieuse d'étouffer cette idée dans l'œuf.

Tor accusa le coup. Il n'était pas vaniteux, mais avait confiance en lui et en ses atouts. Il était riche et séduisant. La plupart des femmes rêveraient qu'il leur passe la bague au doigt. Il ne s'attendait pas à un rejet aussi brutal et sans appel.

— Pour quelle raison ? demanda-t-il avec la même brusquerie.

Pixie le dévisagea d'un air incrédule, comme si sa proposition ne pouvait être qu'une mauvaise plaisanterie.

— Tu me demandes pourquoi ? C'est évident, non ? Plus de six ans après avoir perdu ton épouse, et malgré son infidélité, tu n'as toujours pas tourné la page. La preuve, tu portes encore ton alliance. Aucune fille saine d'esprit ne se risquerait à tenter sa chance avec toi.

Pour la première fois de sa vie, Tor fut réduit au silence. Personne n'avait jamais été aussi direct avec lui. Son but était d'épouser Pixie et de légitimer son fils, et il n'avait pas douté un instant de parvenir à ses fins. Un refus ne lui avait même pas traversé l'esprit. Mais contre toute attente, la route s'annonçait longue et semée d'embûches. Cette femme savait des choses que nulle autre ne connaissait sur lui. Elle ne se laisserait pas amadouer pour moins qu'elle estimait mériter.

— Nous deux, c'est à oublier, conclut-elle. Mais toi et Alfie, je suis pour. Je resterai ici jusqu'à ce que j'aie trouvé un nouveau logement.

Pixie regrettait d'avoir à dire cela. Dommage qu'il soit bloqué dans le passé. Épouser Tor aurait changé sa vie du tout au tout. Mais partager celle d'un homme maladivement épris de sa femme décédée serait une punition quotidienne. Un amour profond avait uni ses parents. Leur relation représentait le mariage idéal à ses yeux. Et elle devrait se contenter d'être un prix de consolation, condamnée à vivre dans l'ombre d'une autre ? Non, elle avait fait le bon choix, se convainquit-elle. Elle était prête à de nombreux sacrifices pour Alfie. Mais celui-ci était au-dessus de ses forces.

6.

— Pixie, lève-toi.

Il faisait encore nuit quand on vint la secouer dans son lit. Elle se redressa sur un coude, désorientée par ce réveil brutal. Tor était penché sur elle, tout habillé. Mon Dieu ce qu'il en imposait !

— Ton frère est à l'hôpital, lui dit-il. Il a été passé à tabac par ses créanciers.

— Quoi ?

Pixie se redressa comme mue par un ressort.

— J'ignorais si je devais te prévenir ou non…

— Évidemment que tu me préviens ! C'est mon frère. Il file un mauvais coton, mais je l'aime toujours.

Cette déclaration parut désarçonner Tor, comme si elle avait trahi une faiblesse qui le décevait.

— Tu veux aller le voir ?

— Bien sûr !

Elle s'extirpa du lit, consciente de ne rien porter d'autre que son pyjama. Un trouble familier s'empara d'elle. Depuis quelques nuits, elle tombait souvent sur Tor la nuit, dans la nursery. Alfie faisait ses dents et pleurait beaucoup. Pixie avait pris l'habitude de renvoyer Emma se coucher pendant qu'elle apaisait son fils. Mais Tor se montrait étonnamment investi auprès de lui. Il restait avec eux alors qu'elle s'était attendue qu'il perde patience et jette l'éponge. Il était clair qu'il était prêt à prendre son rôle au sérieux, dans les bons comme dans les mauvais moments. Était-ce parce qu'il avait déjà été père ? Ou pour rattraper son absence auprès d'Alfie jusque-là ? Quelle que soit sa raison, Pixie était impressionnée. Dans ces moments-là, il ne portait qu'un simple jean enfilé à la va-vite. Et elle… Eh bien, elle était une femme. Peut-être était-ce superficiel de sa part, mais elle se sentait de moins en moins réticente à le laisser entrer dans sa vie.

Comment rester indifférente à ce corps sculpté, irradiant puissance et sensualité masculines ? Avec une telle tentation sous les yeux, être tirée du lit au milieu de la nuit devenait une aventure excitante. Difficile de focaliser son attention sur Alfie face à lui torse nu, à la fois viril et tellement adorable avec son air ensommeillé. Son regard ne manquait jamais de se promener sur elle, ouvertement intéressé. Oh ! elle n'était pas stupide. Elle ne s'engagerait pas sur ce terrain-là une seconde fois.

Elle était faible face à Tor, elle le savait. Il suffirait de pas grand-chose pour lui faire sauter le pas. Mais cela ne ferait que compliquer leurs rapports. Tor la désirait et ne s'en cachait pas. C'était aussi tout ce qu'il lui offrait – du sexe. Sa proposition de mariage était une réaction spontanée à la découverte de sa paternité, dictée par une vision traditionnelle de la famille. En aucun cas l'expression de sentiments plus profonds à son égard. Tor était un homme ; il avait des besoins, et elle était à portée de main. Voilà tout. Mieux valait instaurer une distance entre eux. Sa relation avec Alfie resterait entièrement séparée de la leur.

— Ma voiture va te conduire à l'hôpital, annonça-t-il.

— Tu ne viens pas avec moi ?

La question avait jailli spontanément de ses lèvres. Pixie s'empourpra.

— J'ai envie de lui coller mon poing dans la figure, gronda Tor d'un ton féroce. Il vous a mis en danger, Alfie et toi. Vous auriez pu être dans cette maison. Si vous aviez été blessés, cela aurait été sa faute !

Pixie serra la mâchoire. Plusieurs jours avaient passé depuis qu'elle était allée récupérer Coco et ses affaires. L'opération n'avait pas duré plus d'une heure, grâce à l'équipe de déménageurs professionnels que lui avait adjointe Tor, en plus de ses gardes du corps. L'essentiel de ses possessions s'entassait à présent dans le grenier de la villa. Un jour, elle ferait un grand tri et en jetterait sûrement une bonne partie. Elle ne garderait que ce à quoi elle tenait particulièrement, contrairement à Jordan. Les photos de famille. Les trésors personnels de sa mère, des objets lui ayant appartenu et dont elle ne se séparerait pour rien au monde. Ils lui rappelaient des souvenirs heureux de son enfance, qu'elle partagerait un jour avec son fils.

— Alfie et moi étions en sécurité ici, murmura-t-elle. Et Jordan est mon frère.

— Demi-frère, la corrigea Tor avec insistance.

— Il avait huit ans quand je suis née. Il a toujours été à mes côtés. Pour moi, c'est mon frère, répliqua-t-elle avec fermeté.

— Ce n'est pas parce que quelqu'un fait partie de sa famille qu'on doit tout lui excuser.

Tor ne comprenait pas cette loyauté inébranlable envers l'homme qui l'avait poignardée dans le dos. Son propre demi-frère l'avait trahi, et jamais il ne le lui pardonnerait. Il avait une vision très tranchée en la matière, il le reconnaissait. Ce n'était à l'évidence pas le cas de Pixie.

— Jordan nous aime, affirma-t-elle. Il n'a personne

d'autre au monde. C'est à moi de me comporter en adulte et de lui apporter mon aide.

— Même si rien ne peut le racheter après ce qu'il a fait ?

Pixie poussa un soupir.

— Il a essayé de me prévenir. Il nous a protégés, Alfie et moi, en nous éloignant de la maison. Je crois qu'il avait trop honte pour m'avouer toute l'histoire.

Malgré sa désapprobation affichée, Tor monta avec elle dans la limousine. Pixie devinait pourquoi. Il songeait à son propre frère, à qui il n'avait jamais pardonné sa liaison avec sa femme. Le trajet se fit en silence alors que l'aube se levait sur la ville.

— Tu n'étais pas obligé de venir, dit-elle avec gêne comme ils entraient dans l'hôpital.

— Si tu es là, alors moi aussi.

Jordan avait été admis aux urgences avec un bras cassé et plusieurs côtes fêlées. Son visage était en piteux état. C'est à peine si ses yeux s'ouvraient.

— Je savais que cela arriverait, dit-il péniblement. C'est pour cela que je voulais que tu t'en ailles avec le bébé.

— Tu peux encore te relever, lui assura Pixie à son chevet.

Il détourna la tête sur l'oreiller. Une larme roula sur sa joue tuméfiée.

— C'est trop tard, Pixie. J'ai tout perdu. La maison, toi, Alfie… Tout est ma faute.

— Tu peux encore te relever, répéta Pixie, autant pour elle que pour Jordan.

— Jordan est au plus bas. Il a besoin d'une thérapie.

Tor, resté à l'écart dans la salle d'attente, vint à sa rencontre et l'accompagna à l'extérieur.

— Il récolte ce qu'il a semé, énonça-t-il froidement.

Pixie le fusilla du regard.

— As-tu vraiment besoin d'être aussi dur ?

— Je suis comme cela. Après ce qu'il t'a fait, il ne mérite pas que tu t'inquiètes pour lui.

Dans la limousine, Pixie s'assit le plus loin possible de lui.

— Tu n'as aucune empathie, lui reprocha-t-elle.

— Je pourrais te prouver le contraire, répliqua Tor. Mais ce serait risqué pour toi.

Une lueur indéchiffrable s'était allumée dans ses yeux. Les papillons dans le ventre de Pixie se réveillèrent.

— En quoi serait-ce risqué ?

— Le monde ne fonctionne que par négociations. Mon aide pour ton bon à rien de frère a un prix, et je doute que tu sois prête à le payer.

Elle plissa les yeux, perplexe.

— Dis toujours.

— Me défier n'est pas une bonne idée, l'avertit Tor.

— Tu as parlé de négociations…

— C'est simple. Si tu me donnes ce que je veux, je te donne ce quc tu veux.

— Cela, je l'avais compris, merci, s'impatienta Pixie. Jordan a besoin d'aide.

— Il a besoin d'une thérapie, d'une prise en charge de ses dettes et d'un nouveau départ, énuméra Tor sans ciller. Tout cela est surtout une question d'argent. Une chance que je sois milliardaire, même si ton frère ne mérite pas que je dépense le moindre sou pour lui. Il s'est mis dans le pétrin tout seul.

Pour Pixie, ce fut la goutte d'eau qui fit déborder le vase.

— Ça suffit ! explosa-t-elle, ulcérée par son insensibilité. Qu'attends-tu de moi, au juste ? Si c'est ce à quoi je pense, n'y compte même pas !

Un sourire incurva les lèvres de Tor.

— Ce à quoi tu penses ? Tu veux parler de sexe ?

— Quoi d'autre ? Sache que c'est hors de question. Je ne suis pas à vendre.

La façade de Tor se fissura, et il donna libre cours à son amusement.

— Heureux de l'apprendre. Voilà une base saine sur laquelle avancer.

Pixie fronça les sourcils, méfiante.

— Vraiment ?

— Je ne négocie pas avec quelqu'un prêt à utiliser le sexe comme monnaie d'échange. Pour le bon prix, je veux plus que cela.

Elle le dévisagea en silence, sous le choc.

— Tu es si innocente. Ne sais-tu donc pas que tout a un prix ?

— C'est de mon frère dont tu parles, lui rappela-t-elle.

— Qui t'a dépouillée et vous a mis en danger, toi et notre fils.

— Qu'entends-tu par « le bon prix » ?

— Ma proposition est simple. Tu m'accompagnes en Grèce afin de présenter Alfie à ma famille et reconsidères l'idée de m'épouser.

— De t'épouser ? Mais…

— Je te demande simplement d'y réfléchir, l'interrompit-il. La première fois, tu as refusé net sans même peser le pour et le contre. Ne t'inquiète pas, je ne te forcerai pas la main. Mais je tiens à ce que ma famille rencontre Alfie.

— Je reprends le travail demain.

— Viens avec moi en Grèce, et tu n'auras plus jamais à travailler de ta vie.

— Et Jordan ?

— Je financerai sa thérapie afin qu'il reparte de zéro. Mais l'envie de changer doit venir de lui. Sans quoi, il perd son temps avec moi.

— J'aimerais qu'il ait cette chance, murmura Pixie.

— Épouse-moi, et nous formerons une famille, insista Tor.

Il n'aurait rien pu lui promettre de plus tentant. Une famille, c'était tout ce dont Pixie rêvait. Jordan était toujours son frère, mais ses mensonges lui avaient fait beaucoup de mal. Il devrait faire ses preuves avant de réintégrer pleinement le cercle familial.

— C'est d'accord, dit-elle. Je t'accompagne en Grèce, mais seulement le temps d'un congé prolongé. J'aime mon travail. Je n'ai pas envie de le quitter.

Était-elle vraiment prête à un tel bond dans l'inconnu ? Pixie peinait à assimiler ce qui lui arrivait. Elle ne pouvait plus compter sur Jordan. Il était accro au jeu. Il avait volé son héritage et dilapidé ses salaires. Même s'il se reprenait en main, elle mettrait sans doute plusieurs années à lui faire à nouveau confiance. Guérir d'une addiction prenait du temps. On était sans cesse confronté à la tentation, et les rechutes étaient fréquentes. Jordan les avait mis en danger, elle et Alfie. Au moins, Tor défendait les intérêts de leur fils.

Le fait qu'il veuille présenter Alfie à sa famille impressionnait favorablement Pixie. Il aurait pu le tenir dans l'ombre tel un secret honteux, en se contentant de quelques visites ponctuelles. Personne n'aurait rien su de son existence. Au lieu de quoi, Tor choisissait la transparence vis-à-vis de ses proches et faisait une place à son fils dans sa vie. Et elle ? Où était la sienne, de place ? Elle n'allait quand même pas épouser un homme juste parce qu'il l'avait mise enceinte ! Le monde qu'elle connaissait se dérobait sous ses pieds, et tout allait si vite… Elle en avait le vertige.

— Il fait chaud en Grèce. Toi et Alfie allez avoir besoin de vêtements adaptés, dit Tor. Une séance shopping s'impose.

Pixie n'écoutait pas, distraite par cette histoire de mariage. Elle avait remarqué qu'il avait enlevé son alliance. Mais cela ne voulait rien dire.

— Pourquoi insistes-tu tant pour qu'on se marie ? demanda-t-elle à brûle-pourpoint.

— Deux parents valent mieux qu'un, non ? Alfie aura une famille et portera mon nom. Je veux participer à son éducation, pas être mis sur la touche. Il n'est pas question de te l'enlever, souligna-t-il. Seulement de le partager. Quant à nous deux… Eh bien, notre relation évoluera avec le temps ! Il y a une indéniable alchimie entre nous. C'est un bon début.

— Et l'amour, dans tout cela ?

— Je vais être franc. Je ne crois pas être capable d'aimer à nouveau.

— Parce que tu as peur, murmura Pixie en se radoucissant.

Tor serra la mâchoire. Ses réserves étaient justifiées. Il se sentait insulté par une telle interprétation.

— Cela n'a rien à voir avec la peur, réfuta-t-il. Katerina et moi avons grandi ensemble. Elle était mon premier amour. Je n'étais qu'un gamin à l'époque, naïf et idéaliste. Mais j'ai mûri, et mes attentes vis-à-vis des femmes sont devenues beaucoup plus prosaïques. Tu as certaines qualités que je respecte. Ta loyauté envers ton frère malgré ce qu'il t'a fait. Ta compassion envers les faibles. Jordan en fait partie. Tu n'es pas à l'abri d'une nouvelle déception de sa part.

— Je prends le risque. Tout cela, c'est bien beau, dit Pixie, mais j'attends plus d'un mariage que son aspect pratique. J'ai besoin de passion.

— Avec moi, tu en auras autant que tu veux, promit Tor, les yeux rivés aux siens.

L'air manqua à Pixie, et ses joues s'enflammèrent.

— De passion et d'amour, précisa-t-elle. Avec un homme prêt à tout miser sur moi.

— Un banquier prospère évalue les risques à l'avance, sans se laisser influencer par ses émotions.

Pixie poussa un soupir.

— Je ne suis pas banquière, précisa-t-elle. Ce n'est pas ma vision des choses.

— Alors tu t'entendras très bien avec ma famille. Alfie a de la chance d'avoir une mère telle que toi. Mais le fait est que nous sommes très différents, toi et moi. Notre couple ne fonctionnera que si nous acceptons ces différences.

— Moi, je voudrai toujours plus…

Pixie avait les larmes aux yeux, sans vraiment savoir pourquoi. À part leur affinité physique, rien ne les rapprochait. Ils n'avaient aucun point commun. Autant l'accepter maintenant plutôt que se bercer d'illusions. Katerina avait été son premier et son seul amour. Sa trahison l'avait d'autant plus anéanti. S'il ne pouvait avoir confiance en la fille avec qui il avait grandi, en qui le pourrait-il ?

— J'ai bon espoir de te faire changer d'avis, ajouta Tor avec douceur. Aurais-je dû te dire ce que tu voulais entendre ?

— On ne triche pas avec ses émotions. J'aurais vu clair dans ton jeu.

— Peu de gens savent me cerner.

— Je t'ai vu au plus bas. Il y a des signes qui ne trompent pas.

Elle se remémora son langage corporel, la nuit où Alfie avait été conçu. Le regard hanté. Les mains toujours en mouvement. L'émotion qui bouillonnait sous la surface, réprimée derrière un self-control sans faille.

Tor haussa un sourcil.

— Il va falloir qu'on discute de ces fameux signes.

Pixie s'arracha aux images de ce soir-là, qui ravivaient dangereusement les braises couvant entre ses reins. Elle serra les cuisses, sur la défensive. Ce genre de faiblesse ne lui était plus permis. Elle devait enfouir ces souvenirs intimes avec Tor dans un coin reculé de son esprit et ne plus jamais y revenir. C'était la seule solution pour survivre à leur future vie commune.

— Hors de question que tu payes pour mes vêtements. Tu peux acheter ceux d'Alfie, mais pas les miens, objecta Pixie avec virulence.

— As-tu la moindre idée de ce que je te dois en retards de pension alimentaire ? observa calmement Tor.

C'était justement ce calme qui excédait Pixie. L'argent était un sujet épineux pour elle, mais Tor ne semblait pas le comprendre. Le fait est qu'elle n'avait pas la moindre épargne, car elle n'avait jamais gagné assez pour mettre de côté. Sa contribution mensuelle à la nourriture et à ce qu'elle croyait être le remboursement du prêt avait réduit sa garde-robe au strict nécessaire. Elle avait oublié ce que c'était d'acheter juste par plaisir, car Alfie avait toujours besoin de quelque chose. Et voilà que Tor insistait pour lui ouvrir des comptes avec cartes de crédit et la confier à des stylistes de renom afin de la rhabiller pour la Grèce.

Cela faisait trop de changements d'un coup. Au bord des larmes face à ce dialogue de sourds, elle se leva de table.

— Le sujet est clos. Je ne veux plus en entendre parler, conclut-elle d'une voix tendue.

Et elle quitta la salle à manger.

Tor ravala un juron et repoussa son assiette. Son appétit s'était envolé. Il ne s'était pas attendu que cette discussion-là dégénère. Avec quel argent comptait-elle acheter ses vêtements ? Pourquoi répugnait-elle tant à ce qu'il participe à ses achats personnels ? Elle devait bien être la première femme au monde à refuser une nouvelle garde-robe !

Sitôt la table débarrassée, il s'élança après Pixie. Il n'y avait rien de plus frustrant qu'une personne qui fuyait la confrontation. À bien y réfléchir, il n'avait jamais eu le moindre accrochage avec une femme avant le soir de l'accident. Katerina et lui ne se disputaient jamais et n'avaient aucune divergence d'opinions, même mineure. Au fond, ils ne communiquaient pas beaucoup, signe que quelque chose n'allait pas dans leur relation. Il s'en rendait compte, aujourd'hui. Mais comment aurait-il pu le savoir à l'époque ? C'était sa première et seule histoire sérieuse. Et de toute évidence, la communication restait son point faible.

Il frappa à la porte de Pixie et grimaça. Encore un autre problème : cette insistance à ce qu'ils fassent chambre à part. Pourquoi en faisait-elle tout une montagne ? Le sexe était le sexe. Quelque chose de purement physique, pas un acte à la signification profonde ou imprégné de propriétés magiques. Était-ce parce que dès sa première fois elle s'était retrouvée enceinte ? Ou repoussait-elle ses avances, car son unique expérience avec lui avait été une déception ? Ivre comme il l'était, il n'avait pas dû être doux. Tor serra les poings. De quoi aurait-il l'air s'il lui posait la question ? Mais il avait besoin de savoir. Il lui fallait plus de détails. Il avait beau se rappeler la meilleure expérience sexuelle de sa vie, cela ne signifiait pas que sa partenaire partageait son enthousiasme.

Il frappa de nouveau à la porte, qui s'ouvrit à la volée.

— Quoi ? lança Pixie d'un ton agressif.

Apparemment, la tirer de sa douche n'avait pas contribué à améliorer son humeur. C'est à peine si elle dépassait de cette stupide serviette qui la couvrait du cou aux orteils. Peut-être devrait-il toucher un mot à Mme James à propos de la taille des serviettes qu'elle achetait. Et pourquoi Pixie était-elle aussi sexy quand elle était en colère ?

— Il faut qu'on parle.

— Je ne vois pas de quoi, grogna-t-elle en tentant de refermer la porte.

— Moi, si.

D'un seul mouvement, il força le passage et la souleva dans ses bras. Pixie se débattit farouchement, ses courbes voluptueuses pressées contre lui. Une délicieuse fragrance féminine émanait de sa peau encore humide. Ignorant le désir qui lui tordait les entrailles, il la déposa sur le lit.

— Explique-moi pourquoi tu m'interdis de t'acheter des vêtements, lui intima-t-il.

— Et toi, explique-moi pourquoi tu te comportes comme un homme des cavernes ! répliqua Pixie du tac au tac.

— Je ne peux pas régler le problème si je ne le comprends pas !

— Tu n'as pas à régler tous mes problèmes, Tor. Tu as déjà dépensé une fortune pour aider mon frère. Cela ne te suffit pas ?

— C'était notre accord, lui rappela-t-il. Et je n'ai pas

dépensé une fortune. Tu ne m'as même pas laissé lui racheter la maison.

— C'était beaucoup trop ! Jordan a besoin de reconstruire sa vie dans un nouvel endroit, argua Pixie. Il doit apprendre à devenir indépendant, pas être récompensé pour ce qu'il a fait. Tu n'as pas besoin d'une famille de pique-assiettes sur le dos.

Tor rendit les armes et se laissa choir sur le lit.

— Crois-tu vraiment que je puisse considérer la mère de mon fils comme une pique-assiette ? demanda-t-il avec frustration. Ai-je fait quoi que ce soit qui te donne cette impression ?

— Eh bien, non, admit Pixie à contrecœur. Mais c'est ce que je ressens. Pourquoi cette histoire de vêtements compte-t-elle tant pour toi ?

— Je veux que tu te sentes à l'aise avec ma famille et mes amis. Je ne voudrais pas que tu aies le sentiment de ne pas être à ta place.

— As-tu peur que je te fasse honte ?

À raison. Si elle débarquait en Grèce avec ses vieilles fripes d'hiver élimées, il y avait une grande probabilité pour qu'on la prenne pour la femme de ménage. Tor marquait un point : ce serait embarrassant pour elle comme pour sa famille.

— Jamais tu ne pourrais me faire honte, affirma-t-il en serrant ses mains dans les siennes. Je veux juste que tu passes un bon séjour.

— Peut-être cela m'aiderait-il si tu me disais où nous allons…

— À Milnos, une île que j'ai achetée il y a quelques années. J'y ai fait bâtir une propriété assez vaste pour accueillir toute ma famille lors de leurs visites. Ils vivent à Corfou. Mon plus jeune frère, Kristo, est encore au lycée.

Dimitri est à l'université et l'aîné, Nikolaos, travaille pour mon père dans son entreprise de transport maritime.

— Pas de sœurs ?

— Non. Et pour l'instant, je suis le seul à m'être marié. Sofia était la première petite-fille de mes parents. Sa mort les a anéantis autant que moi, confia Tor.

Il était distrait par la façon dont elle lui massait doucement la cuisse. Un geste qui se voulait réconfortant, mais qui avait un dangereux effet sur lui.

— C'est pour cela que je tiens à leur présenter Alfie, continua-t-il. Pour qu'ils reprennent confiance en l'avenir.

— Oui, j'imagine que tu n'es pas drôle tous les jours, marmonna Pixie.

Elle s'en voulut aussitôt de son manque de tact.

— Désolée…

Tor se fendit d'un sourire, amusé par la teinte cramoisie qu'avait prise le visage de Pixie.

— Tu n'as pas tort. Cela fait un moment que je fais passer le travail avant tout. Mais je suis plus détendu avec toi… Enfin, sauf quand on se dispute.

— Bon, d'accord. Je verrai le styliste pour la nouvelle garde-robe, capitula-t-elle. Je préférerais quand même que tu ne payes pas.

Tor la fixa d'un œil brillant de désir.

— Tu crois que tu pourrais inclure quelques sous-vêtements sexy dans ta sélection ? demanda-t-il, la voix éraillée.

Les joues de Pixie s'empourprèrent un peu plus.

— Pour quoi faire ?

— Simple fantasme…

Tout en parlant, il s'était penché imperceptiblement vers elle. Pixie autorisa ses doigts à se perdre dans son épaisse chevelure noire. Elle aimait son odeur, fraîche et masculine, relevée par la pointe d'agrume d'une eau de Cologne à la fragrance évocatrice… La même qu'il portait ce soir-là. Son cerveau lui criait de tout arrêter. De le repousser immédiatement. Mais son corps se rebellait contre sa raison avec Tor si proche d'elle. Sa chaleur s'insinuait à travers la serviette qui l'enveloppait. Ses tétons pointaient sous le coton, et une moiteur brûlante se répandait entre ses cuisses. Tous ses sens étaient en effervescence. C'était une folie, une pure folie !

— J'aime quand tu me touches, susurra Tor, les lèvres engageant les siennes dans un grisant jeu de séduction. Je veux sentir tes doigts partout sur moi. Ta bouche aussi.

— Nous ne sommes pas censés faire cela…

— Je n'ai rien promis de tel.

Sa langue se faufila entre ses lèvres, et toute velléité d'objection la déserta. Déjà, elle négociait éhontément avec elle-même. Quelques baisers. Où était le mal ? Tor embrassait comme un dieu. Ce serait dommage de s'en priver.

Sa main sur sa cuisse remonta vers son entrejambe, où elle épousa le renflement de son érection. Pixie sentit un frisson parcourir Tor. Sa bouche sur la sienne se fit plus impérieuse. Elle n'avait qu'une envie, qu'il lui arrache sa serviette, l'étende sur le lit et comble ce besoin en elle comme il l'avait déjà fait. Elle le désirait, et c'était réciproque. Leur attraction mutuelle était indéniable. Mais quand la flamme s'éteindrait, c'est Alfie qui en subirait les conséquences. Recoucher avec Tor, c'était prendre un risque énorme. L'un ou l'autre – ou les deux – finirait par être déçu, et leur relation deviendrait au mieux conflictuelle, au pis toxique.

— On ne peut pas faire cela, protesta-t-elle entre deux baisers passionnés.

— Bien sûr que si.

Une bouffée de culpabilité envahit Pixie. C'était elle qui l'avait encouragé. Elle lui avait donné de faux espoirs. Depuis quand agissait-elle ainsi ?

— Je n'arrive plus à réfléchir quand tu me touches, insista-t-elle.

— Moi non plus.

Ses joues la brûlaient tellement qu'elle se sentait au bord de la combustion spontanée.

— Je ne suis pas une allumeuse, Tor. Je ne sais pas ce qui m'a pris…

— Non, c'est ma faute.

Avec un soupir, il s'écarta.

— J'avais promis de te laisser du temps pour réfléchir. Mais tu es si alléchante… J'ai perdu le contrôle.

Ses yeux noirs luisaient d'un éclat prédateur.

— Je suis d'une nature impétueuse. Quand je veux quelque chose, je le prends. Il va falloir t'affirmer davantage si je deviens trop entreprenant.

— Et si c'est moi qui suis entreprenante ?

Elle connaissait déjà la réponse de Tor.

— Il n'y a qu'une solution. Épouse-moi.

7.

— Pas sans amour, protesta Pixie.

— Nous avons envie l'un de l'autre. Notre alchimie est explosive.

Tor exposait son raisonnement, l'imposant relief sous son pantalon bien en vue sans que cela semble le gêner. Et Pixie se surprit à considérer sa proposition. Pouvait-elle vraiment épouser un homme juste par attirance sexuelle ? Sa raison l'exhorta à se ressaisir.

— Il nous faut plus que cela, insista-t-elle, le cœur lourd.

— Nous avons Alfie. Il a tout à gagner à grandir auprès de deux parents unis.

— Tu n'as pas tourné la page avec Katerina…

— Si. J'ai enlevé mon alliance. Tout cela est derrière moi. Je ne peux pas te promettre l'amour, car je ne suis pas sûr d'être capable d'aimer à nouveau, admit-il sans détour. Mais je te promets fidélité et stabilité. Tu peux avoir confiance en moi.

Elle voulait tellement y croire ! Elle le voulait *lui*, comme elle n'avait jamais voulu personne d'autre. Il se montrait de bonne volonté, prêt à faire des efforts et à se tourner vers l'avenir. L'arrivée d'Alfie dans sa vie avait totalement changé ses perspectives. Mais cela suffisait-il ?

— Je n'aime pas prendre de risques, murmura-t-elle. J'ai besoin d'être sûre que tout ira bien.

— Épouse-moi, et tu ne le regretteras pas, promit Tor avec une farouche assurance. Si nous décidons de nous marier, c'est en tant que ma fiancée que je te présenterai à ma famille.

Cet argument fit mouche. Pixie était naturellement nerveuse à l'idée de rencontrer les Sarantos. Le statut de fiancée était plus enviable que celui de mère de son fils illégitime, qui ne pourrait que soulever de nombreuses questions sur leur relation. Accompagner Tor en Grèce la placerait sous le feu des projecteurs, et cela la stressait. Elle avait vu comment il se comportait avec Alfie. Il se montrait patient et attentionné. Que demander de plus au père de son enfant ?

Malgré son désaccord, il avait aussi tendu la main à Jordan. Pour *elle*, parce qu'elle le lui avait demandé. Même si elle ne l'épousait que pour le bien d'Alfie, elle ferait le bon choix. Et puis, il y aurait d'autres avantages, lui souffla une petite voix. Son visage s'échauffa. Mariés, ils partageraient le lit conjugal. Plus besoin de s'inquiéter d'où cela les mènerait si elle succombait à la tentation. Le mariage leur fournirait le cadre légitime dont ils avaient besoin.

Pixie prit une grande inspiration.

— C'est d'accord, dit-elle. J'accepte de t'épouser.

Tor contint à grand-peine sa surprise. Qu'avait-il dit ou fait pour provoquer un tel revirement chez Pixie et la rallier à sa cause ? Il l'ignorait. Mais c'était le résultat qui comptait.

— Tant mieux. J'ai hâte d'annoncer la nouvelle à ma famille.

— Je veux un vrai mariage, l'avertit Pixie. Tu es peut-être déjà passé par là. Mais pour moi, c'est la première fois.

— Et la dernière, précisa Tor. Que dirais-tu de nous marier en Grèce ?

Il lui sourit.

— Si tu n'y vois aucune objection, ma mère se fera un plaisir de tout organiser.

— Tu cherches la petite bête, déclara Eloise avec sa franchise habituelle.

— Tu crois ?

Pixie avait entraîné son amie avec elle dans la très chic boutique de mariage où elle devait choisir sa robe. Hélas ! aucun des mannequins ayant défilé devant elle jusque-là n'avait provoqué le moindre coup de cœur. Pixie n'était pas assez grande, ni assez longiligne, pour oser une robe de princesse bouffante ou une création haute couture. Et puis, elle avait l'esprit ailleurs, trop rongée par l'incertitude pour se concentrer sur les tenues qu'on lui présentait. Incertitude que ne semblait pas partager Eloise.

— Tor est beau à tomber et riche à millions. Il a un passif au rayon sentimental, et alors ? Qui n'en a pas ? Mesure la chance que tu as. Même s'il se lasse et demande le divorce dans quelques années, tu seras à l'abri financièrement, et Alfie aura toujours son père. Un homme comme Tor Sarantos insiste pour t'épouser, et tu voudrais qu'il te jure un amour éternel ? On ne peut avoir le beurre et l'argent du beurre, Pixie. La vie n'est pas un conte de fées.

— Je sais bien, soupira Pixie. Mais le crois-tu vraiment capable de m'être fidèle ? D'après ce que j'ai lu sur Internet, il est plutôt du genre play-boy.

— Tor n'est pas stupide. Il saura rester discret, et tu n'y verras que du feu, répondit Eloise avec cynisme. Je sais que ce n'est pas ce que tu veux entendre. Mais contente-toi de ce que tu as, et tu seras plus heureuse ainsi.

Pixie garda le silence. Son amie n'était peut-être pas la mieux placée pour la rassurer dans ce domaine. Eloise avait trop souvent été déçue par les hommes. C'était une fille terre à terre qui n'hésitait pas à exprimer franchement son opinion, même si celle-ci dérangeait. Selon ses mots, Pixie avait mis le grappin sur un paquebot de luxe là où, d'un point de vue réaliste, elle n'aurait pas dû viser plus haut que la péniche. Mais Pixie se serait bien passée qu'on lui rappelle à quel point elle était insignifiante, tant sur le plan physique qu'intellectuel.

Pour ne rien arranger, elle n'avait pu s'empêcher de se renseigner sur l'accident de Katerina survenu devant leur maison londonienne, vendue peu après la tragédie. Des photos de la première femme de Tor illustraient les articles. Katerina était la perfection incarnée, à couper le souffle avec ses yeux noirs en amande, sa luxuriante crinière brune et sa silhouette élancée. Sur l'une des photos, elle se tenait sur un yacht, cheveux au vent, véritable reine de la fête parmi un essaim d'admirateurs. Toute curiosité avait quitté Pixie qui, le cœur serré, avait coupé court à ses recherches.

En l'absence de Tor, à Bruxelles pour une conférence, elle avait entrepris de choisir sa nouvelle garde-robe, ainsi que sa robe de mariée. En définitive, elle n'avait invité que trois personnes au mariage : Eloise et un couple d'amis gays, également infirmiers. C'étaient ces derniers qui l'avaient accompagnée chez le styliste, balayant sa résolution d'épargner le portefeuille de Tor. Jordan, quant à lui, avait refusé de venir en Grèce. Pixie était déçue, mais elle comprenait. En pleine thérapie et forcé de se confronter à ses erreurs, faire bonne figure devant de parfaits inconnus au mariage de sa sœur était au-dessus de ses forces. Sans surprise, Tor n'avait manifesté aucun regret à cette nouvelle.

Pixie avait également dû changer de nourrice, car Emma, engagée temporairement, préférait les contrats à court terme. Faire passer les entretiens avait été un stress supplémentaire. *Elle*, embaucher une nouvelle employée ? Mais comme le lui avait fait remarquer Tor au téléphone, elle aurait mal pris qu'il s'en charge seul sans la consulter. Son choix s'était porté sur Isla, une jeune Écossaise au caractère enjoué, qui avait d'emblée établi un lien très fort avec Alfie et se réjouissait de voyager en Grèce.

— Ah ! Celle-ci !

Pixie ouvrit des yeux émerveillés devant la longue robe fourreau au joli col V dentelé que portait le nouveau mannequin apparu sur l'estrade.

— Oui, c'est cette robe-là que je veux.

— Vraiment ? Elle manque un peu de panache, non ? commenta Eloise.

— Moi, cela me va, répondit Pixie en riant.

Nul doute que la robe, même simple, coûtait une petite fortune dans cette boutique huppée ne proposant que des modèles de créateur.

Eloise fit la moue.

— Ne devrais-tu pas choisir quelque chose de plus tape-à-l'œil pour un grand mariage mondain ?

— Non, Tor m'a promis une cérémonie intime, dit Pixie. Et puis, c'est *mon* mariage. Je ne suis pas là pour épater la galerie.

Cela ne risquait pas. Comment une fille comme elle le pourrait-elle ? songea-t-elle tristement Le mieux était encore de rester elle-même, sans se donner de grands airs. Et de prier pour que tout se passe bien.

Trois jours plus tard, Pixie s'envolait avec Alfie pour la Grèce dans le jet privé de Tor, accompagnée d'Isla et de ses trois amis. C'était le grand jour. Tout ce qu'elle avait à faire était d'arriver avec sa robe de mariée. Le reste suivrait comme par magie. Du moins, d'après Tor. Pixie, elle, ne savait à quoi s'attendre et avait les nerfs en pelote. À l'aéroport d'Athènes, un accueil VIP leur fut réservé. Un hélicoptère les attendait pour les conduire à Milnos. Durant tout le voyage, ses amis n'avaient cessé de s'extasier sur tout, éblouis par le train de vie des riches et puissants. Pixie aussi avait été intimidée par le champagne servi à bord et l'équipe de ravissantes hôtesses de l'air à sa disposition. Comment allait-elle s'intégrer dans ce monde de paillettes et de privilèges, si éloigné de la seule réalité qu'elle connaissait ?

Mais son angoisse se dissipa dès sa rencontre avec ses futurs beaux-parents à la villa Sarantos, une splendide demeure d'un blanc immaculé divisée en plusieurs ailes au cœur d'un luxuriant écrin de verdure. Pandora Sarantos, femme souriante et maternelle, les accueillit à bras ouverts. Son visage s'illumina à la vue d'Alfie, la huitième merveille du monde à l'entendre. Comment ne pas s'attacher à cette dame distinguée, déjà si complètement gaga de son petit-fils ? À côté d'elle, Hallas, version réduite et grisonnante de ses fils, se montra moins démonstratif, mais tout aussi chaleureux. Il s'excusa de l'absence de ses cadets, qui étaient avec Tor, et sollicita l'honneur de la conduire à l'autel. L'offre toucha Pixie. Elle accepta, soulagée de ne pas avoir à affronter seule l'assemblée d'inconnus à l'église. Son père aurait été le plus heureux des hommes dans ce rôle, ne put-elle s'empêcher de penser avec un pincement au cœur. Mais les parents de Tor adoraient déjà Alfie, et leur soutien était le bienvenu.

— Alfie est adorable ! Il a vos cheveux et les yeux de Tor, s'extasia Pandora dans un anglais irréprochable. Mais laissez-moi vous montrer sa chambre.

Tandis que ses amis étaient conduits à leurs propres chambres, ébahis par le somptueux décor de la villa, Pixie suivit Pandora avec Alfie et Isla.

— Mon Dieu, cet endroit est incroyable ! chuchota la nourrice, les yeux écarquillés.

Pixie partageait son avis. Tout y était grandiose, des escaliers en marbre aux larges couloirs ouverts sur des balcons ensoleillés, en passant par la vue époustouflante sur la mer azuréenne.

— Vous êtes ici chez vous, annonça Pandora avec chaleur. Hallas et moi sommes venus aider pour le mariage, mais ne souhaitons pas nous imposer. Nous ne viendrons que sur invitation. Nous sommes si heureux que Tor refasse sa vie !

Si on veut, songea Pixie. Il ne l'épousait que pour être auprès de son fils et faire de lui un Sarantos. Elle, la mère et future mariée, n'était qu'accessoire à ses projets. Une sorte d'obligation incontournable. À l'évidence, la mère de Tor croyait à une union d'amour, ce qui se comprenait. N'était-ce pas pour cette raison que la plupart des gens se mariaient ? Parce qu'ils s'aimaient ?

Pixie ravala la boule qui lui montait à la gorge comme Pandora ouvrait la porte de la nursery. Et quelle nursery ! La pièce alliait luxe et confort, équipée de tout ce dont un bébé pouvait avoir besoin. Chaque étagère débordait de jouets neufs. C'était une chambre digne d'un petit prince !

— Si vous saviez le plaisir que j'ai pris à décorer cette chambre, lui confia Pandora avec volubilité. J'étais si excitée quand j'ai appris la nouvelle ! Vous et Alfie êtes exactement ce dont Tor avait besoin dans sa vie. Une nouvelle famille.

Ces paroles réchauffèrent le cœur de Pixie. C'était un soulagement de voir Alfie si chaleureusement accueilli, et elle aussi. Pandora et Hallas Sarantos étaient aux anges, persuadés que leur fils avait retrouvé l'amour. Ils l'avaient vu brisé par la tragédie qui lui avait ravi sa femme et sa fille. Quoi d'étonnant à ce qu'ils se réjouissent de cette nouvelle relation ? Hélas ! même eux ne pouvaient deviner à quel point Tor avait souffert de ce premier mariage, car ils ignoraient tout de l'infidélité de Katerina et des séquelles qu'elle avait laissées en lui.

— C'est un jour merveilleux pour nous tous, déclara Pandora, tout sourire. Mais je ne vous retiens pas plus longtemps. Je vous laisse vous faire belle.

— Elle est charmante, confia Pixie à Eloise lorsqu'elle la retrouva dans la chambre qui lui avait été allouée pour se préparer.

— Une belle-mère charmante ? Cela cache quelque chose, repartit son amie avec cynisme.

— Non, je ne crois pas.

Pixie n'avait aucun doute sur la sincérité de Pandora, qui irradiait de toute sa personne.

— Attends d'apprendre à la connaître. Je crois qu'elle est simplement heureuse d'avoir un petit-fils. Alfie va être pourri gâté !

Deux inconnues entrèrent dans la pièce, accompagnées d'une interprète. Une ravissante brune du nom d'Angelina Raptis. Les deux femmes étaient coiffeuse et maquilleuse, leur apprit-elle.

— Je me maquille rarement, avança timidement Pixie.

— Mais aujourd'hui, c'est un jour spécial, lui rappela Eloise.

Pixie se rangea à son avis. Elle tenait à se montrer à la hauteur des attentes de Tor. Mais quand la coiffeuse parla de couper et lisser ses cheveux, elle trouva le courage de s'y opposer en déclarant qu'elle préférait garder ses boucles et qu'un simple chignon haut ferait l'affaire.

— Très jolies boucles, *tellement* naturelles, minauda Angelina. C'est courageux de les laisser comme cela pour une si grande occasion.

Le rictus dédaigneux de l'interprète n'échappa pas à Pixie. Une vraie langue de vipère ! Elle rougit et tourna la tête. Elle aurait dû y être préparée. Son mariage avec Tor avait de quoi en surprendre plus d'un. Tout le monde ne le verrait pas d'un bon œil.

— J'ai hâte de rencontrer votre fils, reprit Angelina, l'air de rien. Ressemble-t-il à Tor ?

— Oui, il a ses yeux, mais mes cheveux clairs.

— Il a l'air adorable. Quand même… Je ne sais pas comment vous faites pour rester aussi calme.

Pixie surprit la grimace d'Eloise dans le miroir de la coiffeuse. Par chance, ses amis Denny et Steve arrivèrent à ce moment-là pour se joindre aux préparatifs.

— Pixie n'a aucune raison d'être nerveuse. C'est une merveilleuse journée qui l'attend, lança Denny avec sa jovialité habituelle.

Pixie lui adressa un sourire reconnaissant. Elle avait toujours adoré son attitude positive en toutes circonstances.

— Malgré cet article sordide dans la presse ? J'admire votre force de caractère, continua Angelina d'un ton désinvolte.

Pixie fronça les sourcils.

— Quel article ? De quoi parlez-vous ?

Steve lâcha un juron, et Eloise fusilla l'interprète du regard.

— Nous espérions garder cette histoire pour nous, ma chérie, lança Denny.

La panique gagna Pixie, bien qu'elle n'eût pas souvenir d'avoir fait quoi que ce soit dont elle eût à rougir.

— Une vipère du nom de Saffron a vendu un prétendu scoop à un tabloïd sur le soir où toi et Tor vous êtes rencontrés, expliqua Steve.

Saffron. L'aspirante actrice qui avait ramené Tor à la colocation, et dont il avait repoussé les avances. La flamboyante rousse était certainement prête à tout pour un peu de publicité. Qu'avait-elle bien pu raconter ? Avait-elle vu Tor quitter sa chambre le lendemain matin ? C'était la seule explication.

— Montre-moi cet article, demanda-t-elle à Denny.

— Désolée. Je ne voulais faire de tort à personne, prétendit Angelina en battant des cils.

— On ne relaye pas de stupides ragots à quelqu'un juste avant son mariage, la rabroua Steve.

— Je suis sûre que vous ne pensiez pas à mal, intervint Pixie par politesse.

Le cœur battant, elle s'empara du téléphone que lui tendait Denny. Une photo avantageuse de Saffron accompagnait un bref article sur le banquier milliardaire s'apprêtant à épouser l'infirmière qu'il avait mise enceinte lors d'une aventure d'un soir. Sa grossesse était sans doute revenue aux oreilles de Saffron par le biais de sa colocataire Steph, l'ancienne maîtresse de Coco et sœur d'une amie de Pixie. Si elle avait surpris Tor quittant la maison, elle avait dû faire le rapprochement.

— Je ne devrais sans doute pas non plus vous dire que

Tor est furieux, ajouta Angelina. Je me sens tellement mal… Je vous laisse avec vos amis.

— Bon débarras, déclara Eloise sitôt l'interprète partie.

— S'il n'y a rien d'inventé dans cet article, il faudra bien que je vive avec, conclut Pixie avec une désinvolture feinte.

La famille et les amis de Tor avaient sûrement dû le lire, eux aussi. Mon Dieu, quelle humiliation !

— Pourquoi Tor serait-il furieux ? grommela Eloise sans dissimuler sa réprobation.

— Parce que comme moi il tient à protéger sa vie privée, soupira Pixie. Mais oublions cette histoire. Ce n'est pas important.

La maquilleuse continuait à s'affairer, imperturbable. Mascara, blush, gloss… Les coups de pinceaux légers se succédaient sur son visage.

— Tu vas être absolument sublime, lança Eloise en marque de soutien.

— Une vraie princesse, ajouta Denny.

— Une déesse, même, renchérit Steve pour ne pas être en reste.

Hallas l'attendait à l'extérieur. Il lui offrit un joli bouquet de roses, puis l'aida à prendre place dans une superbe voiture de collection décorée de fleurs. Voiture qui lui appartenait, lui confia-t-il, car les berlines anciennes étaient sa passion. Durant le trajet, Pixie le remercia pour tout ce que lui et sa femme avaient fait afin de rendre le mariage possible. Et c'est sous un soleil radieux qu'elle arriva à la petite église du village près du port. Son sourire vacilla lorsqu'elle découvrit la foule amassée à l'intérieur. Tous les visages se tournèrent vers elle, et sa nervosité redoubla. Elle n'avait pas l'habitude d'être ainsi le centre de l'attention.

Pour se donner du courage, elle chercha Tor des yeux devant l'autel. Dieu merci, il n'avait pas l'air furieux, contrairement à ce qu'avait laissé entendre Angelina. Comme lors de leur première rencontre, sa beauté lui coupa le souffle. Elle était hypnotisée par les hautes pommettes qui définissaient son visage, son nez droit et la sensualité de ses lèvres. Le seul fait de le regarder allumait des étincelles dans son bas-ventre et réveillait ce qu'il y avait de plus féminin en elle.

Un sourire plissait ses yeux lorsqu'elle le rejoignit. Non, il n'était pas en colère. Pixie sentit un poids s'envoler de ses épaules. Peut-être n'était-il même pas au courant pour l'article. Et s'il l'était, cela semblait lui être complètement égal. Il glissa l'alliance à son annulaire, et ainsi s'acheva la cérémonie. Ils étaient désormais mari et femme. Pixie peinait encore à le réaliser.

— Tu es magnifique, lui murmura-t-il alors qu'ils quittaient l'église.

Tor le pensait. La simplicité de la robe soulignait ses formes, et ses yeux erraient avidement sur l'arrondi de ses seins et de ses fesses qu'épousait la soie légère. Son sang frémit dans ses veines. Il avait hâte de consommer leur mariage, même s'il en voulait aussi à Pixie. Pour toutes ses erreurs et ses mauvaises décisions. Elle était jeune et inexpérimentée. *Il fallait s'y attendre*, se rappela-t-il avec magnanimité.

— Tes parents sont fantastiques, déclara-t-elle gaiement. Ils m'ont tout de suite mise à l'aise.

— Attends que mes frères arrivent. Pour mettre les pieds dans le plat, ils sont champions.

À la villa, une assemblée bien plus grande que Pixie n'avait imaginé les accueillit dans une somptueuse salle traversée de colonnes ornementales.

— Ta nouvelle maison a une salle de bal ! lui chuchota Denny, les yeux ronds comme des billes. Et ta belle-mère persiste à parler d'un « mariage sans prétention » !

Peut-être était-ce le cas selon les standards des Sarantos, songea Pixie, alors qu'une longue procession s'organisait déjà, chaque invité désireux de présenter ses félicitations aux jeunes mariés. Famille, amis plus ou moins proches, connaissances, collègues d'affaires… Les noms et les visages ne tardèrent pas à se mélanger dans l'esprit de Pixie. Sauf ceux des trois frères Sarantos, tant la ressemblance avec Tor était frappante. Il y avait un tel monde, cela n'en finissait pas ! La tête de Pixie lui tournait. Son seul répit fut lorsque Isla apparut avec Alfie vêtu d'un adorable smoking miniature. Le petit garçon se fendit d'un grand sourire en voyant sa mère. Il se tortilla dans les bras de sa nourrice, impatient de rejoindre ceux de Pixie.

Mais ce fut un choc pour elle quand il se tourna ensuite vers Tor, bras tendus, le plus naturellement du monde. Son fils grandissait et avait fait une place à son père dans son petit cœur. Le sourire de Tor et sa joie évidente face à un tel accueil réchauffa la poitrine de Pixie. C'est à cet instant qu'apparut devant eux un bel homme au physique ténébreux. Tor se raidit, et son étreinte autour d'Alfie se resserra, si fort que le garçonnet se plaignit en se débattant.

— Pixie, voici mon demi-frère, Sevastiano Cantarelli. J'ignorais que tu venais, dit-il, laconique.

— Je tenais à te féliciter, bien que je ne puisse pas rester longtemps, répondit Sevastiano. Cela fait plaisir à papa.

— Oui, bien sûr, dit Tor avec un sourire glacial.

L'homme s'éloigna, aussi pressé de s'en aller, semblait-il, que Tor l'était de le voir partir.

— Si tu disais la vérité à ta famille, tu n'aurais pas à faire bonne figure devant lui, murmura Pixie.

— Ne te mêle pas de ce qui te dépasse, la rabroua Tor avec dureté.

Pixie eut l'impression d'avoir reçu une gifle. Elle pâlit, surprise et blessée. Avait-elle abordé trop librement un sujet tabou dans la vie de Tor ? S'il s'était confié à elle le soir de leur rencontre, c'était uniquement parce qu'il avait bu. Sa réaction à l'instant était un rappel brutal qu'elle n'était encore qu'une étrangère, tout juste propulsée dans un monde dont elle ignorait les codes. Ce n'était pas son rôle de donner son avis sur une situation aussi intime et personnelle. Elle ferait bien de ne plus l'oublier.

8.

La réception débuta, et les plats se succédèrent, tous plus succulents les uns que les autres. Entre chacun d'eux, des discours étaient prononcés, que Tor traduisait à l'intention de Pixie.

— Tu es bien silencieuse, observa-t-il. Excuse-moi pour tout à l'heure. Je n'aurais pas dû te parler sur ce ton.

— Non, c'est moi. Parfois, je suis sans filtre. Je sais que c'est un sujet sensible.

— Laisse-moi m'expliquer, insista-t-il en caressant sa main crispée sur la table.

Une façon de lui faire comprendre qu'il n'était pas dupe. Elle était vexée, et il le savait.

— Pour diverses raisons, Sev n'a connu notre père qu'une fois adulte, et leur relation compte beaucoup pour Hallas. Ma mère aussi s'est attachée à lui. Mon père est quelqu'un de droit. Si je lui apprenais la vérité, il se sentirait obligé de choisir entre ses fils et d'exclure Sev. Personne n'a rien à y gagner.

— C'est très généreux de ta part.

Pixie était impressionnée par la maturité avec laquelle il analysait la situation. Mais son altruisme était aussi ce qui l'enfermait dans un douloureux silence.

— Je crois que si ta famille avait compris la véritable

épreuve que tu traversais à l'époque, ils auraient pu mieux te soutenir, insista-t-elle.

— Tout cela est derrière moi. Te rencontrer m'a donné une seconde chance.

— Non. C'est grâce à Alfie, le corrigea Pixie.

Tor serra la mâchoire. Chaque accroc dans leur relation arrivait par sa faute. C'était nouveau pour lui. Avec Pixie, il naviguait à vue. Elle n'était pas amoureuse de lui, ni ne le considérait comme la meilleure chose qui lui soit arrivée. Elle n'avait que faire de ce que son argent pouvait lui acheter. D'un autre côté, l'amour de Katerina, dont il n'avait jamais douté, s'était révélé n'être qu'une coquille vide. Amour et mariage étaient deux choses différentes. Et Pixie était naïve, honnête et loyale. Tout ce que Katerina n'était pas. Pour la première fois, il s'autorisait à regarder la vérité en face : Katerina l'avait trompé. Elle avait entretenu une liaison avec un autre homme avant même qu'ils soient mariés. Trois années de mensonges, voilà à quoi se résumait leur vie de couple ! C'était si limpide, à présent. Son premier mariage avait été voué à l'échec dès le départ.

Ce serait différent, cette fois, se jura Tor. Plus de compromis. Il ne laisserait aucune place aux malentendus, tout en restant fidèle à lui-même. Tourner autour du pot n'était pas son genre. Si sa femme avait commis une erreur, il le lui ferait savoir.

— Où allons-nous ? demanda Pixie quelques heures plus tard alors qu'ils traversaient le port. Et Alfie, où est-il ?

— Alfie est avec sa nourrice. Ils nous rejoindront demain. Tu survivras bien une nuit sans lui, non ?

Tor avait ponctué ses mots d'un haussement de sourcils éloquent. Pixie rougit, honteuse de passer pour une mère surprotectrice. Quand il glissa un bras autour de sa taille, ses jambes se dérobèrent, et d'instinct elle s'appuya contre lui. Elle s'en voulait d'être autant sous son emprise. Les émotions qu'il suscitait en elle étaient si intenses, et si éloignées de ce que lui semblait ressentir.

— Oui, ce serait cruel de le réveiller à cette heure, concéda-t-elle en feignant la nonchalance.

— Il faut dire que la journée a été bien remplie pour lui.

Avec ses yeux d'ébène et ses boucles blondes, une combinaison rare, Alfie avait été le véritable roi de la soirée, passé de bras en bras parmi toutes les femmes de l'assemblée. Le petit garçon, ravi de l'attention, n'avait pas été avare de sourires pour ses admiratrices.

— Au moins, il n'a pas été terrifié comme la fois où Jordan l'a abandonné devant chez moi, ajouta Tor.

Pixie se mordit la lèvre. Elle non plus n'oublierait jamais comment Alfie s'était agrippé à elle, traumatisé par cette épreuve. Mais quel besoin avait Tor de remuer le couteau dans la plaie au sujet de son frère ? Un cri lui échappa lorsqu'il la souleva par surprise pour la déposer dans le bateau à moteur amarré à la jetée.

— Tu ne m'as toujours pas dit où nous allions…

— Là-bas, dit-il en désignant un large yacht ancré dans la baie, dont la silhouette se découpait sur le ciel étoilé.

— C'est le tien ? demanda-t-elle.

— Non. Il appartient à un ami de ma famille, qui nous le prête pour notre lune de miel. C'est son cadeau de mariage, répondit Tor. Si tu aimes les croisières, on peut toujours en acheter un.

Le hors-bord fendait l'eau à toute allure entre les mains expertes de son conducteur. Pixie avait du mal à s'habituer au fait qu'elle vivait désormais dans un monde où son mari proposait d'acquérir un bateau de luxe comme on allait acheter du pain.

— Je m'étonne que tu n'en aies pas déjà un, commenta-t-elle.

— Je prends rarement de congés. Un yacht aurait été superflu. Mais ma vie va changer avec toi et Alfie, affirma-t-il d'un ton résolu.

Avait-il été un mari et un père absent durant son premier mariage ? Pixie n'osait lui poser la question, de peur d'être importune. Sa réaction cassante plus tôt l'avait échaudée. Elle garda donc le silence et accepta son aide pour monter à bord du yacht, gênée dans ses mouvements par sa robe fourreau. Le capitaine les accueillit avec une bouteille de champagne, avant de les conduire à une chambre sur le pont supérieur, qui laissa Pixie bouche bée.

— Je crains que nous ne devions avoir une discussion sérieuse à propos de ton frère, annonça Tor sans préambule.

Pixie ouvrit de grands yeux, prise de court. Elle s'était attendue à tout sauf à cela.

— Que veux-tu dire ?

— Ce n'est pas mon intention de te faire de la peine, surtout aujourd'hui, commença Tor. Mais je soupçonne Jordan d'être la source d'un article nauséabond publié dans un tabloïd anglais sur la nuit de la conception d'Alfie.

Une rage froide s'empara de Pixie. Une rage telle qu'elle n'avait jamais ressentie avant. Plus Tor parlait, plus elle enflait en elle.

— Vraiment ?

— De qui d'autre pourrait-il s'agir ? Jordan est prêt à tout pour de l'argent. C'est un lâche et un profiteur…

— Mais tais-toi ! explosa-t-elle, outrée par ses accusations injustes.

Choc et incrédulité se peignirent sur le visage de Tor. À croire que personne n'avait jamais osé lui parler sur ce ton.

— *Diavole*, Pixie ! Ne le prends pas personnellement ! Ce n'est pas contre toi !

Tor la dominait de sa haute stature, absolument sûr de ses dires. C'était une seconde nature, chez lui. Pixie l'aurait giflé ! Alors il allait accuser Jordan de *cela* aussi ? Comme si son frère ne payait pas déjà ses erreurs au prix fort ! Il avait perdu le respect de sa sœur et la seule maison qu'il ait jamais connue. Sa confiance en lui était au plus bas. Il méritait sa punition, bien sûr. Mais il se battait pour reprendre sa vie en main. La démarche serait longue et difficile, et il n'avait pas encore la force de leur faire face. À ce stade, il était plus à plaindre qu'à condamner.

— Épargne-moi ta condescendance, cracha-t-elle, furieuse. As-tu seulement lu l'article ? Avant d'accuser mon frère de tout et n'importe quoi, commence par te renseigner.

Tor parut déconcerté.

— Tu étais au courant ? Je l'ignorais. Je ne t'en ai pas parlé, car je ne voulais pas gâcher la journée.

— Eh bien, c'est raté ! Tu fais porter le chapeau à Jordan alors que c'est toi qui es à blâmer ! riposta Pixie avec véhémence.

— C'est absurde ! Comment pourrait-ce être ma faute ?

Tor sentait la moutarde lui monter au nez. Il n'avait pas prévu une dispute. Encore moins une telle insolence de la part de Pixie. S'il avait su, il aurait attendu après leur nuit de noces pour aborder le sujet.

— Vérifie par toi-même en ligne, répliqua Pixie.

Tor se fit envoyer par son assistant une copie exacte de l'article en question. Il fulminait. Comment osait-elle mettre en doute ses conclusions ? Tout lui donnait raison ! La photo d'une femme qu'il n'avait jamais vue de sa vie apparut sur l'écran de son téléphone. Il la montra à Pixie.

— Qui est-ce ?

— Saffron Wells, une actrice. C'est elle qui t'a amené à la maison, ce soir-là. Elle t'avait ramassé dans un bar. Je suppose qu'elle t'a vu quitter ma chambre le lendemain.

— J'ignore de quoi tu parles ! Tu le sais très bien ! s'emporta Tor. Tu as toujours catégoriquement refusé de me raconter ce qui s'était passé !

À vrai dire, il avait bien le vague souvenir de quelqu'un descendant l'escalier derrière lui, ce matin-là. Désorienté et de mauvaise humeur, il ne s'était pas retourné pour voir de qui il s'agissait.

Pixie, de son côté, était trop hors d'elle pour accepter le moindre compromis. Confusément, elle sentait que Jordan n'était pas la seule raison de sa colère, ce qui n'arrangeait rien. Une part d'elle en voulait à Tor d'avoir suivi Saffron, même si les choses en étaient restées là. C'était idiot, puisque c'était grâce à cela qu'ils s'étaient rencontrés. Mais impossible pour elle de dépasser cela.

— Saffron t'a ramené à la maison. Tu croyais aller à une fête, mais elle avait d'autres projets. Quand tu l'as repoussée, elle est partie en claquant la porte. Du moins, c'est ce que tu m'as raconté… Pour ce que j'en sais, tu as très bien pu coucher avec elle aussi, avant que je tombe sur toi dans la cuisine où tu attendais ton taxi, lâcha-t-elle avec rancune.

Tor jura en grec face à un tel monceau de calomnies.

— J'ai beau avoir trop bu et couché avec toi ce soir-là, cela ne fait pas de moi un play-boy !

— Ce ne sont pas les photos de toi en bonne compagnie qui manquent sur Internet, rétorqua Pixie d'un air blasé. Mais je doute qu'il se soit passé quoi que ce soit entre vous. Elle a dû être vexée que tu la rejettes, surtout pour une fille banale comme moi. Elle a voulu se venger. Pour elle qui rêve de célébrité, c'était l'occasion idéale d'avoir sa photo dans les journaux.

Tor fronça les sourcils.

— Mais si tu as quitté la maison quelques jours plus tard, comment a-t-elle pu savoir pour ta grossesse et le reste ?

— J'ai gardé contact avec Steph à cause de Coco, et aussi par le biais de sa sœur qui est une amie, expliqua Pixie. Steph était au courant que j'étais enceinte, et la nouvelle a dû revenir aux oreilles de Saffron. Quoi qu'il en soit, Jordan n'a rien à voir avec cet article. Il en sait encore moins que toi sur cette nuit-là.

Tor ne pouvait que se rendre à ces arguments. Une fois de plus, il s'y était mal pris avec Pixie. Il avait été si sûr de sa version des faits ! Jordan, qui avait déjà prouvé jusqu'où allait sa malhonnêteté, faisait figure de coupable idéal. Tor s'en voulait de ses conclusions hâtives. Mais la loyauté de Pixie envers son demi-frère le stupéfiait. Son affection pour lui était profonde, sans doute enracinée dans leur enfance et leurs souvenirs communs.

Cela lui donnait à réfléchir sur sa propre relation avec Sevastiano, le demi-frère qu'il n'avait connu qu'à l'âge adulte. Tor était l'aîné de sa fratrie. Quel choc cela avait été d'apprendre qu'il avait en réalité un grand frère, né d'une histoire entre son père et une autre femme avant son mariage avec sa mère ! Pour être honnête, il n'avait jamais vraiment donné sa chance à Sevastiano. Découvrir que Katerina l'avait trompé avec lui avait enfoncé le clou. Aucun lien fraternel ne s'était jamais développé entre eux.

Refermant cette parenthèse introspective, il carra les épaules.

— Je te dois des excuses, concéda-t-il, les dents serrées. Mais n'oublie pas que toi et moi sommes très différents. Concernant ton frère, ta compassion te pousse à prendre sa défense. Pour ma part, je suis moins enclin au pardon après ce qu'il vous a fait, à Alfie et toi. Tout ce qui m'importe, c'est de vous protéger de Jordan et de veiller à ce qu'il ne profite plus de vous.

Pixie hocha la tête, au bord des larmes. Ce n'était pas ainsi qu'elle avait imaginé sa nuit de noces. Elle et Tor à couteaux tirés, entre défiance et récriminations… Du coin de l'œil, elle remarqua une porte qui, selon toute probabilité, donnait sur une salle de bains. Parfait pour s'isoler un moment, le temps de remettre de l'ordre dans ses émotions.

— Excuses acceptées, dit-elle avec raideur. Maintenant, si cela ne te dérange pas, je vais prendre un bain.

— Pas de problème.

— J'ai besoin de ton aide pour dégrafer ma robe, ajouta-t-elle avec réticence. Je ne voudrais pas l'abîmer. Je tiens à la garder.

Tor percevait la tension de Pixie. Comment allait-il se sortir de ce bourbier dans lequel il s'était enlisé tout seul ? Ce genre de malentendu ne lui arrivait jamais. Il n'était pas censé commettre d'erreur. Mais avec Pixie, sa logique et son sang-froid habituels l'abandonnaient. Il ne contrôlait plus rien. Pixie lui avait crié dessus ! Il ignorait même qu'elle était capable de hausser le ton, tant elle était douce et bienveillante – son exact opposé. Douce, mais pas faible. Une distinction qui le rassurait, car la faiblesse de Jordan l'écœurait.

— Si c'est par sentimentalisme, c'est bon signe. Cela veut dire que tu ne comptes pas me remplacer, remarqua-t-il.

Pixie lui jeta un regard stupéfait par-dessus son épaule.

— Est-ce quelque chose que tu redoutais ?

— Il n'est pas rare, dans mon monde, qu'une femme

se serve de son premier mariage comme d'un tremplin vers un meilleur parti.

— Tu es le père d'Alfie. Et tu es déjà le meilleur parti qui soit, répondit-elle en rougissant.

— Malgré mes erreurs ?

— Tout le monde fait des erreurs, lui assura Pixie. Mon tour viendra aussi, c'est inévitable.

— Mais tu pardonnes toujours, n'est-ce pas ?

— C'est mieux que de devenir aigri en ne voyant que le pire chez tout le monde, ce qui semble être ta marque de fabrique… Simple constat. Je ne cherche pas à provoquer une nouvelle dispute ! se hâta-t-elle de préciser.

— Je ne suis pas aigri, nia Tor.

Pixie était d'un autre avis, mais s'abstint de tout commentaire. Bien sûr que Tor était aigri par l'infidélité de sa première femme. Mais s'il préférait l'ignorer, c'était son problème. Au fond, ce n'était pas sa faute s'il était incapable de reconnaître ses propres émotions, aveugle à ce qu'il ressentait vraiment. C'était là le cœur du problème, elle en était persuadée. Il se sentait coupable de la mort de sa femme et de sa fille, et se flagellait pour ses erreurs, occultant complètement la profonde trahison à l'origine de cette tragédie.

Tor, d'ordinaire si habile de ses doigts, se débattait maladroitement avec les agrafes de la robe. Les pans de soie s'écartèrent, révélant deux épaules aux lignes gracieuses. Comme il continuait l'opération, un sous-vêtement affriolant, tout en dentelle blanche, apparut sous ses yeux. Son souffle se bloqua dans sa gorge. Il lui semblait vaguement indécent de voir sa femme en lingerie coquine, sans qu'il s'explique pourquoi. Si elle était aussi sexy de dos, Dieu sait ce que lui réservait le devant ! Elle allait prendre un bain, se rappela-t-il au prix d'un effort. Et elle était en colère contre lui. La dernière chose dont elle devait avoir envie était qu'il se jette sur elle. Pourtant, la tentation fut la plus forte, et il ne put s'empêcher de poser ses lèvres sur sa peau diaphane.

— Tor ?

Il sentit un frisson la traverser.

— Ces agrafes me donnent du fil à retordre, prétexta-t-il d'une voix bourrue.

Sa curiosité se mua en excitation à mesure que la robe dévoilait le corset. C'était pour lui que Pixie s'était apprêtée ainsi, parce qu'il lui avait fait part de son goût pour la lingerie sexy. Et il avait tout gâché !

— Tu es très attirante, susurra-t-il, traçant du bout de la langue la ligne de son épaule jusqu'à sa nuque délicate.

Sa peau exsudait un parfum de pêche qui enivrait ses sens.

— Je suis désolé…

Pixie en voulait encore à Tor. Si elle avait prétendu vouloir prendre un bain, c'était pour réfléchir sérieusement à la dynamique de leur relation. Mais personne ne lui avait jamais dit qu'il la trouvait attirante. Aucune main d'homme n'avait jamais tremblé contre son épaule. Ce pouvoir qu'elle se découvrait sur Tor était un rêve exaucé. Lentement, elle se retourna et laissa la robe glisser le long de son buste, puis tomber sur ses chevilles. La fascination gravée sur les traits de Tor était la plus belle des récompenses. Ses yeux flamboyaient de désir, et elle aimait cela.

— Embrasse-moi, dit-elle sans réfléchir.

— C'est comme cela que tout a commencé, la dernière fois…

— Quel mal à réitérer l'expérience ? Mais tu es trop grand pour m'embrasser debout. Si on s'allongeait ?

— Tu devais prendre un bain, lui rappela-t-il sans conviction.

— Une femme a le droit de changer d'avis.

Surtout mariée à un homme comme lui. Dire qu'il était tout à elle et à personne d'autre !

— Mes excuses ont l'air de t'avoir fait de l'effet, remarqua Tor, surpris par ce changement d'humeur inattendu.

— Je suis plus empathique que toi, mais égoïste aussi, murmura-t-elle. Je te veux là, maintenant.

C'était le feu vert qu'attendait Tor. D'un geste habile, il la dégagea de la robe à ses pieds et la porta vers le lit, où il l'allongea pour l'admirer tout à loisir en corset blanc, petite culotte et bas sexy. Tout cela pour le séduire. Et cela fonctionnait. Impossible de détourner les yeux des globes fermes de ses seins dans leur écrin de dentelle, du triangle de soie lisse entre ses cuisses, de ses longues jambes fuselées sous le nylon. Cette vue l'enchantait. Le sexe était devenu ennuyeux avant qu'il rencontre Pixie. Un besoin que seule sa libido exigeante le poussait à satisfaire. Ce n'était que maintenant qu'il en prenait conscience. Avec Pixie… Il se consumait de passion. Elle donnait une toute nouvelle dimension à la notion de désir sexuel.

Sans crier gare, elle se redressa et tira sur sa veste.

— Tu es trop couvert, se plaignit-elle.

Tor sourit et commença par ôter sa cravate, puis la veste malmenée. Chemise, chaussures et chaussettes ne tardèrent pas à joncher le sol à leur tour. Il s'attaquait à son pantalon quand il vit que Pixie s'était assise en tailleur sur le lit. Elle suivait chacun de ses gestes comme elle aurait regardé un film.

— Quoi ? lança-t-il avec un haussement de sourcil perplexe.

— Tu ne t'es pas déshabillé, la première fois, dit-elle simplement.

Cet aveu confirma à Tor à quel point il s'était comporté en rustre, la nuit où Alfie avait été conçu.

— Et de toute évidence, nous n'avons pas même pris nos précautions…

La jeune femme fit la grimace, rouge pivoine.

— Non. Mais tu n'es pas le seul en faute. Je n'y ai pas pensé non plus.

Décidément, rien de ce qu'il apprenait sur cette fameuse nuit n'élevait son opinion de lui-même. Ce n'était pas demain la veille qu'on le reprendrait à se soûler dans un bar. Mais un détail continuait à le tarauder.

— J'étais tout habillé à mon réveil. Je n'avais aucune idée d'avoir couché avec qui que ce soit.

Pixie baissa les yeux, l'air gênée.

— Je… Hum ! J'ai remis de l'ordre dans tes vêtements, admit-elle. Pour être honnête, je préférais que tu n'en gardes aucun souvenir. J'avais honte d'avoir profité de toi.

— Profité *de moi* ? répéta Tor, éberlué.

— Tu avais été clair sur le fait que tu ne voulais pas d'aventure après avoir repoussé Saffron. J'aurais dû en tenir compte.

Tor secoua la tête.

— Nous avons tous les deux perdu le contrôle, et je sais pourquoi. Tu me rends fou comme personne. Ni toi ni moi n'avons été capables de nous arrêter.

Pixie opina, soulagée qu'il comprenne ce qui s'était passé. Qu'il comprenne cette déferlante de désir qui avait pris les commandes de son être, ce soir-là. Mais son esprit revenait déjà au présent, car il avait enlevé son pantalon, et ce qu'elle voyait la captivait. Elle avait toujours admiré les lignes sveltes et athlétiques des statues grecques. Tor les surpassait de loin, dieu vivant en chair et en os, et non en marbre. En muscles aussi, avec ses pectoraux sculptés et ses tablettes de chocolat qui lui mettaient l'eau à la bouche. Eloise avait vu juste avec sa métaphore du paquebot et de la péniche. Qu'est-ce qu'un homme comme lui avait bien pu lui trouver ? Ce genre d'attraction physique échappait-il simplement à toute explication rationnelle ? Leur alchimie ce soir-là avait été irrésistible, et la même chose se reproduisait maintenant. C'était comme si une multitude d'incendies s'allumaient partout en elle, au cœur même de sa chair.

Le regard de Tor se voila de désir.

— Cette fois, ce sera différent, je prendrai mon temps, promit-il. Fais-moi confiance.

9.

— Ce n'était pas une mauvaise expérience, toi et moi, le rassura Pixie, touchée par sa considération. Physiquement, cela fonctionnait.

— Je peux faire mieux, lui assura-t-il, les yeux chevillés à son décolleté dans le corset de dentelle. Cette lingerie te va à ravir, *hara mou.*

Pixie se rembrunit légèrement.

— Tu dis cela comme si c'était quelque chose de spécial. Nous savons tous les deux que ce n'est pas le cas. Tu as eu beaucoup de conquêtes dans ta vie.

— Après Katerina, je ne suis jamais resté avec une femme plus de quelques jours. Pas assez longtemps pour qu'on fasse l'effort de se rendre sexy pour moi, lui confia Tor sans cesser de la dévorer des yeux. Toi et moi sommes mariés. Notre relation n'a rien à voir.

Non, rien à voir avec celle qu'il avait eue avec la femme qu'il aimait, rumina Pixie. Elle chassa aussitôt cette pensée. Se comparer à Katerina était déplacé et ne servirait qu'à lui faire du mal. Katerina appartenait au passé. C'était *elle*, son présent. À elle d'être raisonnable et de garder une vision positive de leur mariage. Elle n'avait aucune raison d'être… envieuse, oui, c'était ce qu'elle ressentait à l'égard de Katerina. Cette femme avait tout reçu de Tor et l'avait foulé aux pieds. Pourquoi se torturait-elle tant à propos d'une ancienne relation qui ne la regardait pas ?

Cette question épineuse s'envola de son esprit comme la bouche de Tor s'écrasait sur la sienne. Si leur tout premier baiser lui avait appris quelque chose, c'était qu'il embrassait vraiment comme un dieu ! Il était si doué que chaque offensive sensuelle de sa langue déclenchait une onde de choc à travers son être. Elle lui agrippa les cheveux pour le retenir captif tandis qu'il la renversait sur le lit en s'allongeant sur elle, avant de laisser les mains glisser le long de ses larges épaules vers son dos. Elle n'avait pas eu l'occasion d'explorer son corps nu, la première fois, alors elle se rattrapait. Et avec quelle délectation !

Tor se redressa sur un coude et écarta de l'index le bord de son corset, dénudant délicatement un sein.

— Si tu savais comme tu m'excites, murmura-t-il d'une voix rauque.

Ses lèvres se refermèrent sur son téton durci, qu'il se mit à sucer et à mordiller avec gourmandise.

Ces exquises succions allaient la rendre folle ! Elle se cambra violemment, tendue comme un arc. Une boule de magma en fusion bouillonnait au centre de sa féminité. Son corps n'était plus que désir exigeant satisfaction. Avec une aisance nonchalante, Tor la releva et défit une à une les agrafes de son corset. Pixie détourna les yeux, rouge écarlate. Elle lui enviait sa confiance en lui. La chambre était plongée dans le noir la première fois, et Tor était ivre. Ses défauts étaient passés inaperçus.

— Quelque chose ne va pas ? demanda Tor d'un air soucieux.

Avait-il perçu sa nervosité ? Si oui, elle lui en était reconnaissante.

— La lumière n'était pas allumée, cette nuit-là. J'ai

l'impression d'avoir un projecteur braqué sur moi, avoua-t-elle.

D'un geste embarrassé, elle désigna les spots modernes au plafond et les miroirs sur les placards qui démultipliaient son reflet. Tor appuya sur un bouton au-dessus du lit. Aussitôt, l'éclairage diminua au profit d'une lumière tamisée.

— C'est mieux ?

— C'est idiot d'être aussi pudique alors que nous avons déjà un enfant, murmura Pixie, consciente que ses complexes menaçaient de gâcher l'atmosphère.

— Pas du tout, la contredit Tor en l'attirant à lui. Tu es du genre à beaucoup stresser, n'est-ce pas ?

— Oui…

— Alors c'est à moi de faire de mon mieux pour te détendre, *latria mou*.

Il promena un doigt le long de sa fente à travers sa culotte de soie. Pixie poussa une plainte, submergée par une fièvre ardente. Toutes ses inhibitions s'évanouirent, et elle chercha sa bouche, douce, sensuelle et impérieuse à la fois. Lorsqu'il lui enleva sa culotte, son excitation redoubla à la perspective d'être touchée à cet endroit. Son corps n'attendait que cela. La moiteur brûlante entre ses cuisses était la plus éloquente des invitations.

Un simple effleurement de ses doigts mettait ses sens en effervescence. Alors quand il plongea la bouche entre ses cuisses, ce fut un véritable tsunami de sensations. Oh ! elle savait ce qu'il lui faisait. Elle s'y connaissait un peu en sexualité. Mais rien n'aurait pu la préparer au plaisir que lui prodiguait Tor en cet instant. C'était trop intense, trop… trop *tout* ! Ses gémissements résonnaient à travers la cabine, aussi incontrôlés que les tremblements secouant son corps.

À mesure que la pression enflait entre ses reins, ses hanches se mirent à bouger d'elles-mêmes, à un rythme allant *crescendo*. L'extase la terrassa, et un cri sauvage jaillit de sa gorge. Sans s'en apercevoir, elle avait agrippé les cheveux de Tor à pleines mains. Elle les lâcha et retomba sur le matelas, gagnée par une irrésistible torpeur.

— Non, *moraki mou*, ce n'est pas le moment de dormir, susurra Tor, un sourire carnassier aux lèvres.

Il se hissa sur elle avec la souplesse d'une panthère et prit sa bouche dans un baiser dévorant. Un baiser qui avait le goût de sa propre essence. Grisée par cette expérience érotique, elle se laissa faire lorsqu'il lui releva les genoux pour se placer contre son entrée encore palpitante. Puis il la pénétra d'un coup.

L'intrusion lui arracha un nouveau cri. D'un coup de reins, il s'enfonça en elle, si profondément qu'elle ne savait plus où il s'arrêtait et où elle-même commençait. Et ce n'était que le début. Leurs corps s'enfiévraient l'un l'autre, engagés dans un tango sulfureux stimulant leur désir, pas trop vite pour faire durer le plaisir. Mais les délicieuses frictions contre sa chair tendre ne tardèrent pas à réduire son self-control à néant. Son corps se synchronisa à celui de Tor, s'arquant et ondulant contre lui, accompagnant ses va-et-vient de plus en plus vigoureux. L'air manquait à Pixie. Si elle avait pu parler, elle l'aurait exhorté à ne surtout pas s'arrêter. De nouveau, elle s'envolait vers des sommets vertigineux. Son corps vibrait d'une énergie sensuelle et primitive qu'elle ignorait posséder, stimulé au-delà du supportable. Au zénith de ce merveilleux supplice, elle vola en éclats, électrisée par une décharge surpassant toutes les autres, avant de s'abandonner, alanguie, au doux plaisir qui inondait son être.

Tor se figea en sentant Pixie se lover contre lui, une

main sur son torse. Il eut presque le réflexe de la repousser. C'était ce qu'il faisait depuis six ans chaque fois qu'une amante se montrait trop câline. Il se braquait, car cela lui rappelait les démonstrations d'affection hypocrites de Katerina. Mais Pixie ne méritait pas de faire l'objet de telles comparaisons. C'était à lui de prendre sur lui et faire comme s'il s'agissait de son premier mariage, au lieu de mettre en doute les moindres faits et gestes de sa femme.

Peut-être était-il vraiment aigri, tout compte fait, rumina-t-il en serrant Pixie dans ses bras. *Thee mou*, elle avait vraiment le don de lui mettre des idées bizarres dans la tête ! À croire qu'elle lui avait jeté un sort. Tout en elle l'ensorcelait – son corps, sa sensualité, sa passion débridée. Elle lui offrait tout cela si librement… S'il n'y prêtait attention, il lui ferait à nouveau du mal. Pixie était bien plus fragile que les femmes qu'il avait eu l'habitude de fréquenter avant, et lui n'était pas l'homme le plus délicat.

— Est-ce toujours aussi bon ? murmura-t-elle contre lui.

— Non, pas toujours.

Pour lui, cela ne l'était qu'avec elle. Mais elle n'avait pas besoin de le savoir. Ils s'étaient mariés par convenance, pour des raisons purement pratiques. Il n'attendait rien de plus de leur union. Tant qu'il avait son fils auprès de lui et qu'il s'entendait avec Pixie, il s'estimait heureux.

Pixie se sentait détendue, soulagée que l'histoire de l'article soit derrière eux sans avoir provoqué plus de remous. Être en couple était nouveau pour elle. Elle découvrait qu'il n'existait aucune règle absolue et qu'elle devait apprendre à arrondir les angles là où elle le pouvait. Mais sa conviction restait inchangée. Ce que lui avait fait Katerina avait laissé de profondes séquelles chez Tor, même s'il s'obstinait à le nier.

Elle avait perçu sa crispation quand elle s'était blottie

contre lui et avait retenu son souffle, incertaine de sa réaction. Ce n'est que lorsqu'il l'avait enlacée que sa tension s'était enfin relâchée. Oui, elle avait épousé un homme rendu amer et méfiant par la vie, qui redoutait de tout perdre au moment où il s'y attendait le moins. Mais c'était différent avec elle et Alfie. Avec le temps, il finirait par le comprendre. S'inquiétait-elle trop de ce qu'il ressentait ? Pourquoi cela comptait-il tant pour elle ? Au fond, elle connaissait déjà la réponse…

Elle était en train de tomber amoureuse de lui.

Pixie admira Tor émergeant de la piscine, ruisselant d'eau après ses acrobaties aquatiques pour amuser leur fils. Tandis qu'il allait échanger un mot avec le capitaine, Pixie prit Alfie dans ses bras et se rendit à la cabine transformée en nursery provisoire, où elle le changea et le mit au lit. Isla était sans doute en train de bronzer sur le pont supérieur. Tor et elle avaient pris l'habitude de lui donner sa matinée afin de passer du temps seuls en famille.

Alors qu'elle se séchait après sa douche, Tor se matérialisa dans l'embrasure de la porte.

— Nous avons un arrêt imprévu pour un réapprovisionnement, lui annonça-t-il. Que dirais-tu de faire une sortie ? Le capitaine m'a conseillé un excellent restaurant dans une crique paradisiaque.

Tout en parlant, il avait retiré son caleçon de bain mouillé. Pixie sentit une vague de chaleur inonder son bas-ventre. Jamais elle ne s'habituerait à une telle perfection masculine. Surtout quand Tor la couvait de son regard de braise.

— *Se thelo*, susurra-t-il d'une voix enrouée.

« J'ai envie de toi. » Une petite phrase en grec qui lui

était devenue familière, ces quatre dernières semaines. Joignant le geste à la parole, il lui arracha sa serviette et la plaqua contre son corps, dur à plus d'un titre.

— J'ai *toujours* envie de toi, grogna-t-il, les sourcils froncés, comme dérouté par ce constat. Tu me rends accro au sexe.

C'était réciproque. Pixie était impuissante à lui résister, victime consentante de son puissant magnétisme. Un regard suffisait à mettre le feu aux poudres, et il n'avait qu'à tendre les bras pour qu'elle succombe. Leur désir était une flamme attisée en brasier par leur constante proximité. Un mois seul à seul, c'était inespéré pour un couple. Dommage que le travail de Tor les rappelle à Londres le lendemain. Elle n'aurait pu rêver lune de miel plus idyllique. Elle et Tor avaient eu besoin de cette parenthèse pour s'apprivoiser l'un l'autre, et tout s'était déroulé à merveille. Tor l'avait sans doute prévu ainsi. Il planifiait toujours tout. C'était sa façon de fonctionner. La spontanéité n'était pas son fort… Sauf pour le sexe.

— Un problème ? demanda-t-il, sexy en diable en prédateur déterminé.

— Aucun.

C'était la vérité. Quel droit avait-elle d'exiger plus de lui qu'elle n'avait déjà ? Ce serait déplacé, et elle s'interdisait d'être insatisfaite.

Un frisson de désir la traversa lorsqu'il l'allongea sur le lit. Les baisers dont il la parsemait étaient autant de petites décharges électriques, et elle gémit quand ses lèvres aspirèrent un de ses tétons, puis l'autre. Un index explorateur chercha le bourgeon secret entre ses cuisses, qu'il trouva moite et enflé. Un sourire satisfait incurva les lèvres de Tor. Il la prit comme cela, sans autre préliminaire. Un feu d'artifice de sensations explosa en elle.

Ses coups de boutoir enflammaient son désir comme jamais, et le plaisir grandissait, inexorable. C'était fabuleux ! Dans l'orgasme, le nom de Tor fusa de ses lèvres, encore et encore.

— Je t'aime ! cria-t-elle, éperdue de félicité.

Sa conscience la rattrapa aussitôt. Et Tor… Tor n'eut aucune réaction. Peut-être n'avait-il pas entendu dans le feu de sa propre jouissance. Ou peut-être ignorait-il volontairement cette déclaration accidentelle. Il n'avait pas envie d'entendre cela. C'était forcément un problème pour lui. Pas un compliment, ni une confession touchante. Elle lui tourna le dos, en proie à une cuisante humiliation. Pourquoi ? *Pourquoi* avait-il fallu que ces mots lui échappent ?

Était-ce pathétique d'être aussi heureuse auprès d'un homme qui n'était pas amoureux d'elle ? Ce dangereux besoin de plus persistait à la tourmenter. L'amour ne venait pas comme cela d'un coup de baguette magique. Mais peut-être qu'au fil du temps les sentiments de Tor évolueraient, s'était-elle surprise à espérer ces dernières semaines. Eloise l'avait prévenue : la vie n'était pas un conte de fées. Dans le secret de son cœur, Pixie continuait pourtant à y croire.

Devait-elle s'ouvrir à Tor sur ses sentiments ? Sa nature sincère l'y encourageait. Le sort était imprévisible. Maladie ou accident, un événement tragique pouvait chambouler la vie de tout un chacun du jour au lendemain. Les secrets n'étaient pas son genre. Elle préférait vivre pleinement l'instant.

Mais des zones d'ombre subsistaient dans leur relation, où elle hésitait à s'aventurer. Tor n'évoquait jamais Katerina ou Sofia, même par inadvertance. C'était comme s'il avait enfoui cette partie de sa vie tout au fond de lui le jour de l'accident, si profond que seul l'alcool avait pu provoquer la bouleversante confession qu'il lui avait faite le soir de leur rencontre. Un écart qui ne s'était jamais reproduit. Rien, avant leur mariage, ne laissait deviner qu'il était veuf, et non simplement célibataire.

Tor, de son côté, ne s'était pas gêné pour satisfaire sa curiosité. Il l'avait souvent interrogée sur son enfance et ses parents. Ces moments-là les avaient beaucoup rapprochés. Ne pouvait-il en faire autant pour elle ? Son silence sur son premier mariage dressait un mur entre eux qui la dérangeait. Par son honnêteté et sa volonté de partager, elle avait aidé Tor à mieux comprendre pourquoi elle était si attachée à son demi-frère. Au petit garçon d'autrefois qui l'avait défendue dans la cour de l'école quand les autres enfants se moquaient de sa taille. Au jeune adulte qui l'avait réconfortée après la mort de sa mère et de leur père en lui promettant d'être toujours là pour elle. Pourquoi Tor refusait-il de s'ouvrir à son tour ?

— J'ai besoin d'une douche, marmonna-t-elle en se dégageant de ses bras.

Elle fila à la salle de bains comme si sa vie en dépendait. Le silence de Tor la blessait. Était-il possible qu'il soit toujours amoureux de sa femme défunte ou se faisait-elle des idées ?

Resté seul au lit, Tor frappa son oreiller du poing pour se défouler. Une part de lui en voulait à Pixie de le mettre dans cette position. Tout cela parce qu'il se refusait à mentir et à faire semblant ! Ces trois mots étaient faciles à prononcer. Lui et Katerina se les échangeaient sans arrêt. Sauf que pour elle ils ne signifiaient rien ! Mais était-il juste de punir Pixie pour les mensonges de Katerina ?

L'espace d'un instant, il eut mauvaise conscience. Puis très vite, il se ressaisit. Non, il ne punissait personne.

Il privilégiait simplement la franchise au sein de leur union afin d'éviter tout malentendu. L'amour n'était pas un ingrédient indispensable au succès d'un mariage. Respect, prévenance et loyauté comptaient mille fois plus. Pixie était jeune et naïve. Ce genre de distinction subtile lui échappait. Elle se croyait amoureuse de lui, et alors ? Il ignora la douce chaleur se répandant dans sa poitrine à cette idée. Elle finirait par se faire une raison, et personne n'aurait à en souffrir.

Pour leur sortie à terre, Pixie avait choisi une robe d'été blanche faisant ressortir son bronzage. Sa garde-robe s'était considérablement étoffée en un mois, sous l'impulsion de Tor qui l'avait entraînée dans de nombreuses boutiques huppées en insistant pour régler ses achats. Des diamants étincelaient à ses oreilles et sur sa gorge, rivalisant avec ses bagues et la fine montre d'or à son poignet. Jamais elle ne se serait vue porter de tels bijoux un jour. En apparence, elle était une femme riche. Mais au fond, elle continuait à se faire l'effet d'un imposteur. Elle n'avait gagné sa place que par la combinaison d'un accident tragique et d'une conception accidentelle. Elle était le remplacement imparfait de Katerina. Alfie lui-même remplaçait une petite fille qui avait perdu la vie.

La chaloupe les déposa sur une plage, où Tor insista pour la porter jusqu'aux marches menant au restaurant panoramique. Pixie ne put s'empêcher de réexaminer ses sentiments pour lui. Il se montrait attentionné avec elle, respectueux… mais pas aimant. Et elle n'avait aucun droit de le lui reprocher. La vérité était qu'elle n'avait pas digéré son humiliation. Mais laisser cet épisode empoisonner leur soirée, et à plus long terme leur mariage, serait idiot et puéril. Avec cet argument en tête, elle s'accrocha au bras de Tor et l'embrassa. Il n'avait pas besoin de l'aimer, tant qu'elle l'aimait de son côté. Cela suffisait.

Tor lui rendit son baiser avec soulagement. Toute la journée, il avait senti Pixie sur la réserve. Quand était-il devenu si sensible à son humeur ? Il l'ignorait, mais il remarquait tout de suite quand ses yeux s'éteignaient et qu'elle prenait ses distances avec lui. Personnc n'avait jamais autant eu le pouvoir de le mettre à cran. Il resta derrière elle pendant qu'ils montaient les marches au cas où elle glisserait. Arrivés au restaurant, ils prirent place à leur table sur la terrasse surplombant la mer turquoise. Mais à peine recevaient-ils la carte que son humeur s'assombrit à la vue d'un couple arrivant à son tour. Tor jura entre ses dents.

— Mon parrain et ma marraine, Basil et Dimitra, chuchota-t-il à l'intention de Pixie. Je me serais bien passé de tomber sur eux.

— Je me rappelle les avoir vus au mariage, mais nous ne nous sommes pas parlé. Tu ne les apprécies pas ?

— Ce n'est pas cela…

Il n'alla pas plus loin dans ses explications. Déjà, le couple s'approchait de leur table, et Tor se leva pour les saluer.

Pixie l'imita, soulagée lorsque Dimitra se présenta en anglais plutôt qu'en grec. Elle avait grandi à Londres avant de s'installer en Grèce à l'adolescence, où elle était allée à l'école avec la mère de Tor, expliqua-t-elle. Leur rencontre n'était pas vraiment étonnante : le couple possédait une maison de vacances non loin de là. Tor insista poliment pour qu'ils se joignent à eux. Le repas se passa dans une ambiance décontractée, chacun échangeant ses impressions sur leur croisière dans les îles grecques. Puis Tor et son parrain commencèrent à parler affaires, si bien qu'ils finirent par s'isoler au bar afin de ne pas barber leurs épouses.

— Navrée de l'intrusion, s'excusa Dimitra alors que le café leur était servi. Tor et vous auriez sans doute voulu passer votre dernière soirée en tête à tête.

— Pas du tout, protesta Pixie. Je m'étonne de vous avoir manqués au mariage alors que vous êtes si proches de Pandora et Hallas…

— Nous avons préféré nous faire discrets. À vrai dire, nous avons longtemps hésité avant d'accepter l'invitation.

— Pour quelle raison ? s'enquit Pixie, perplexe.

Ce fut au tour de Dimitra de manifester sa surprise.

— Vous n'êtes pas au courant ? La première femme de Tor était notre fille.

— Oh !

Pixie ne s'était pas attendue à une telle révélation. La situation lui apparaissait soudain dans toute sa complexité.

— Mais vous êtes toujours proches, n'est-ce pas ?

— Bien sûr. Notre seul regret est que Tor ait choisi de dissimuler la vérité sur leur mariage, lui confia Dimitra d'un air soucieux. Après ce qu'il a enduré, nous n'avons jamais abordé directement le sujet avec lui. Mais cela aurait été plus simple pour nous s'il avait admis que notre fille avait une liaison et que Sofia n'était pas de lui.

Pixie manqua s'étrangler avec son café, stupéfiée par la franchise de son interlocutrice autant que par la révélation que Sofia n'était pas la fille de Tor.

— Au début, j'étais reconnaissante de sa discrétion, reconnut Dimitra. Mais avec des amis aussi proches j'aurais préféré un dialogue franc plutôt qu'être contrainte de vivre dans le mensonge.

— Je doute que Tor sache que vous êtes au courant, murmura Pixie.

— Nous le sommes depuis longtemps, mais nos efforts pour mettre un terme à cette liaison n'ont servi à rien. Katerina était subjuguée par Devon.

Pixie crut avoir mal entendu.

— Devon ?

— Le demi-frère de Sevastiano. Katerina l'appelait Dev. Le pire est qu'ils se sont rencontrés lors d'une soirée organisée par Hallas et Pandora pour célébrer le futur mariage de Tor et de notre fille, raconta Dimitra. Mais quand Tor et Katerina ont emménagé à Londres, où vivait aussi Devon, le fait qu'ils soient tous les deux mariés n'a plus suffi à les séparer. Nous n'avons appris la vérité qu'au bout de deux ans, quand nous les avons surpris ensemble par hasard. C'est ce jour-là que ma fille a admis être enceinte de Devon. Cela a été un choc pour Basil et moi. Puis, nous nous sommes sentis si mal face à la douleur de Pandora, qui pleurait une enfant qui n'était pas sa petite-fille… Mais ce n'était pas à nous de révéler ce secret.

Et Tor ne le lui avait pas davantage révélé le soir de leur rencontre, même après s'être épanché sur tout le reste, réalisa Pixie avec déception. Son hermétisme était tel que depuis des années il blâmait à tort son demi-frère d'avoir été l'amant de sa femme. Comment avait-il pu se fourvoyer à ce point ? Sa compassion envers Tor s'évanouit. Il avait souffert, certes. Mais son orgueil blessé et son obsession à préserver son secret avaient enlisé ses proches dans une situation malsaine. Son silence se répercutait sur tout son entourage !

Pendant le trajet de retour vers le yacht, Pixie continuait à ressasser ce qu'elle avait appris. Les révélations de Dimitra la plaçaient dans une position inconfortable. Comment taire à Tor non seulement que ses ex-beaux-parents étaient au courant de l'infidélité de leur fille, mais aussi qu'il se trompait sur toute la ligne à propos de Sevastiano ? C'était impossible ! Pourtant, rien ne l'autorisait vraiment à aborder avec lui un sujet aussi personnel. Sauf peut-être un certain détail…

Tor savait-il que Sofia n'était pas de lui ? Il était parfaitement possible qu'il l'ignore. Mais dans le cas contraire, alors cela la concernait, estimait-elle. Elle avait toujours considéré Alfie comme le second enfant de Tor. À en croire Dimitra, il était en réalité son premier. L'avait-il délibérément trompée sur le statut de leur fils ? Une profonde lassitude s'empara de Pixie. Elle en avait assez de vivre dans l'ombre de Katerina. Et Alfie méritait mieux qu'être le remplaçant de la fille perdue de Tor. Il devenait capital pour elle de démêler cette histoire une bonne fois pour toutes. Mais elle devinait à quel point Tor avait dû souffrir en découvrant que l'enfant qu'il chérissait n'était pas de lui, et elle angoissait à l'idée de remuer le couteau dans la plaie.

— Tu es bien silencieuse, observa Tor. Dimitra t'a-t-elle dit quelque chose qui t'a contrariée ? Désolé de vous avoir laissées seules, toutes les deux. Basil avait besoin d'un conseil financier, et j'ai perdu la notion du temps.

— Tu aurais pu me prévenir que ton parrain et ta marraine étaient tes ex-beaux-parents, répondit Pixie. Ce n'est pas si grave.

— C'est gênant, maintenant que je suis remarié, se justifia-t-il, sur la défensive. Eux aussi sont mal à l'aise, après ce qui s'est passé il y a six ans. C'est dommage. Je les connais depuis toujours et les apprécie beaucoup.

— Moi aussi.

— Je ne m'explique pas pourquoi leurs filles ont tourné ainsi. Peut-être les ont-ils trop gâtées en ne leur refusant jamais rien. Je devrais le savoir, j'ai grandi avec elles. Mais on ne prête pas attention à ce genre de choses quand on est enfant.

— J'ignorais qu'ils avaient une autre fille…

— Angelina. Tu ne l'as pas rencontrée au mariage ?

— Si, mais je n'avais pas fait le rapprochement.

Pixie comprenait mieux l'inimitié d'Angelina à son égard. Se retrouver face aux remplaçants de sa sœur et de sa nièce défuntes excusait en partie son attitude. Plus étonnante était la remarque de Tor, qui se demandait comment les filles Raptis étaient devenues telles qu'elles étaient. C'était la première fois qu'il émettait une critique envers Katerina. Cela la surprenait, car dans son esprit il continuait à ériger sa première femme en martyre incomprise.

Alors que la chaloupe approchait du yacht, elle admira son profil ciselé et les reflets de bronze de ses yeux au clair de lune. Dire qu'elle était mariée à un tel homme ! Il était sexy et prévenant, et elle trouvait encore à redire ? Avait-elle perdu la tête ? Et pourtant…

Après une grande inspiration, elle se jeta à l'eau.

— Tor, il faut qu'on parle.

10.

Toute la soirée, Tor avait discrètement dévoré Pixie des yeux, séduit comme au premier jour par la brillance de ses boucles blondes, le bleu de ses yeux rivalisant avec la mer, ses courbes sensuelles dessinées par sa sage robe blanche. Il se faisait l'effet d'un junkie en besoin permanent d'une nouvelle dose. Ce manque de modération le dérangeait. Quelque chose chez Pixie affolait sa libido. Il n'avait plus le moindre contrôle sur la réaction de son corps, ni sur le désir qui bouillonnait continuellement en lui.

De quoi pouvait-elle bien vouloir lui parler ? Aucun incident ne lui venait à l'esprit, et cela aussi le mettait à cran. Il détestait les surprises. Elles n'avaient jamais été plaisantes par le passé. Pourtant, Pixie ne cessait de le surprendre positivement. Elle était une mère formidable avec leur fils, protectrice sans trop en faire, aimante et prête à partager Alfie avec lui. Elle était naïve et sans artifice. Elle ne connaissait rien au monde privilégié qui était le sien, mais y évoluait avec une assurance et une grâce déconcertantes, sans compter sur rien d'autre que son aménité naturelle.

À bord du yacht, Pixie précéda Tor dans leur cabine, où leurs bagages avaient déjà été faits en prévision de leur retour à Londres, le lendemain. À la première heure, un hélicoptère viendrait les chercher pour les emmener directement à l'aéroport.

— Notre discussion peut attendre que nous soyons rentrés, suggéra-t-elle, rongée par l'appréhension.

Elle redoutait cette confrontation. Le choix de Tor de ne pas lui révéler la vérité sur Sofia lui vrillait le cœur. Ce dernier mois, elle avait eu l'impression que leurs liens se resserraient. Mais comment continuer à y croire s'il persistait à lui cacher un tel secret ? Son mutisme à ce sujet creusait une faille dans leur relation qui minait sa confiance en elle vis-à-vis de Katerina, mais aussi en lui.

Tor secoua la tête, les traits crispés.

— Non. Si tu as quelque chose à dire, dis-le maintenant.

Pixie déglutit péniblement.

— Ce soir, Dimitra m'a fait une confession qui m'a pas mal remuée…

— Une confession ?

— Pour commencer, les parents de Katerina sont au courant de l'infidélité de leur fille. Ils savaient qu'elle avait une liaison au moment de sa mort. Ils ont eu beau tenter de la raisonner, elle a fait la sourde oreille.

Le choc le plus absolu se peignit sur le visage de Tor.

— C'est impossible… Tu en es sûre ?

— Sûre et certaine. Pour Dimitra et Basil, prétendre ne rien savoir est pesant, car ils se retrouvent contraints à participer au mensonge. Mais ils comprennent aussi pourquoi tu souhaites garder le silence. Je sais que tu essayes de les protéger, mais en définitive tout aurait été plus simple si tu avais dit la vérité dès le début, avança-t-elle avec circonspection.

— Tu ne sais pas de quoi tu parles ! rétorqua Tor dans un brusque accès de colère. Je t'ai pourtant expliqué la situation avec Sev…

— Justement, intervint Pixie, de plus en plus mal à l'aise. D'après Dimitra, l'amant de Katerina n'était pas Sev, mais son demi-frère, Devon.

L'expression de Tor se ferma.

— Je n'y crois pas. Dimitra aura mal compris.

— Non. Ils ont découvert cette liaison avant toi ; ils ont surpris Katerina et Devon ensemble. Écoute, je sais que tu n'aimes pas remuer le passé, dit-elle. Je comprends à quel point c'est pénible pour toi…

— Comment le pourrais-tu ? tonna Tor avec férocité. Toute cette histoire ne te regarde pas ! Tu n'as pas à t'en mêler !

Cette fois, Pixie vit rouge, excédée par son attitude butée.

— Je ne m'en mêlerais pas si tu ne m'avais pas entraînée malgré moi dans tes cachotteries sordides ! riposta-t-elle avec la même virulence. Katerina pourrait aussi bien être toujours de ce monde… Tu la considères encore comme ta femme et fais tout pour protéger sa réputation ! Et moi, dans tout cela ? Où est ma place ? Je ne suis mariée à toi que depuis un mois et j'ai déjà l'impression de vivre dans son ombre !

— *Thee mou*, c'est totalement absurde !

Tor paraissait tomber de haut. Pixie croisa les bras, en mode offensif.

— Vraiment ? Pourquoi te sens-tu coupable de sa mort au point de t'en rendre seul responsable ? Étais-tu un mauvais mari ? L'as-tu trompée aussi ? Et pourquoi ne pas m'avoir dit qu'Alfie était ton premier enfant ? Cela me concerne personnellement, non ? Je comprends et accepte que tu aies aimé Sofia comme ta fille. Tu n'as sans doute appris la vérité qu'au dernier moment. Mais il me semble que tu aurais pu m'en parler !

Tor demeura cloué sur place, sonné par cette avalanche

de récriminations de la part de Pixie. Elle toujours si douce et compréhensive devait avoir atteint ses limites. Depuis combien de temps refoulait-elle ses émotions pour exploser de la sorte ? Comment se faisait-il qu'il n'ait rien soupçonné ?

— Je n'étais pas un mauvais mari et je n'ai pas trompé Katerina. Quant à la raison pour laquelle je ne t'ai rien dit au sujet de Sofia…

Il eut un geste d'impuissance.

— À vrai dire, je l'ignore. Peut-être parce que c'était la goutte de trop. L'ultime humiliation d'apprendre que l'enfant que j'élevais n'était pas la mienne. Ou peut-être étais-je encore dans le déni. J'aimais Sofia de tout mon cœur, comme n'importe quel père aime sa fille. Mais je ne vois pas ce que cela à voir avec toi et Alfie.

— Évidemment, siffla Pixie, partagée entre désarroi et colère.

Elle cilla pour contenir les larmes qui lui montaient aux yeux.

— Depuis le début, tu n'as jamais compris ce que je ressentais car tu t'en moques. Je ne compte pas vraiment pour toi. Restons-en là pour ce soir, Tor. Je suis fatiguée. Je vais me coucher.

— C'est faux, protesta Tor.

Mais Pixie avait déjà disparu dans la salle de bains. Elle en ressortit avec ses produits de toilette et se dirigea vers la porte.

— Où vas-tu ?

— Je n'ai pas envie de dormir avec toi, ce soir. J'ai besoin d'espace, répondit-elle avec raideur, déterminée à ne pas craquer devant lui. Il y a assez de cabines libres sur ce yacht.

— C'est ridicule ! Tout cela prend des proportions démesurées !

C'était égal à Pixie. Trop d'émotions se mélangeaient en elle. Elle était furieuse, blessée et perdue, et Tor était au centre de cette tempête. Elle ignorait ce qu'elle attendait de lui, exactement. Tout ce qu'elle savait, c'était qu'elle ressentait un vide qu'il échouait à combler. Lui en voulait-elle de ne pas l'aimer comme il avait aimé Katerina ? Elle se figea au milieu du pont, atterrée par cette possibilité. Ce serait terriblement injuste envers Tor. Elle se repassa leur dispute dans sa tête et eut honte d'elle-même. Quand était-elle devenue aussi égoïste ? Où étaient passés son tact et sa compassion ?

Seigneur, lui avait-elle vraiment jeté à la figure le fait qu'il n'était pas le père de sa fille ? Et s'il ne l'avait pas su avec certitude ? S'il avait seulement nourri des soupçons, qu'elle venait alors de lui confirmer de la plus cruelle des façons ? Son estomac se noua. Horrifiée par sa conduite, elle se débarrassa de ses talons hauts et fit demi-tour en courant.

Le balcon de leur cabine était éclairé. À travers la porte-fenêtre, elle aperçut Tor appuyé contre le bastingage, un verre à la main, ses cheveux noirs balayés par la brise marine. Il avait enlevé sa veste, et sa chemise ondoyait sur son torse athlétique. Mon Dieu, ce qu'il était à tomber ! Non, décidément, jamais elle ne s'y habituerait. Le menton levé, elle le rejoignit dehors.

— Étais-tu déjà au courant pour Sofia ? demanda-t-elle tout de go, raide de tension.

La mâchoire de Tor se crispa.

— Oui, je le savais. Quand j'ai tenté d'empêcher Katerina de quitter la maison avec elle, elle m'a avoué que Sofia n'était pas de moi. Je ne l'ai pas crue, sur le coup. Je pensais qu'elle voulait juste me faire du mal. Mais plus tard…

Pixie le vit déglutir avec difficulté.

— Le doute me rongeait. Alors j'ai fait faire des tests, qui ont confirmé ses dires.

— Je suis vraiment désolée de m'être emportée à ce sujet. C'était odieux de ma part, s'excusa-t-elle, la voix tremblante de honte. Cette petite fille a eu beaucoup de chance de t'avoir dans sa vie. Tu l'aimais, et elle t'aimait aussi. Peu importe le lien de sang. Tu étais et resteras toujours son père.

Tor vida d'un trait le reste de son verre. Le whisky lui brûla la gorge, sans pour autant atténuer son état de choc après leur violent échange.

— C'est gentil à toi de dire cela. Désolé de t'avoir entraînée dans mes « cachotteries sordides ». Va te coucher maintenant, Pixie. Je n'ai rien d'autre à te dire.

Trop de choses se bousculaient dans sa tête. Avait-il vraiment cru à tort pendant des années que son demi-frère Sevastiano l'avait trahi ? Cette éventualité le rendait malade. Pourquoi n'avait-il jamais crevé l'abcès avec lui ? Avec le recul, cela semblait aberrant ! Était-ce par simple volonté de préserver l'unité familiale ? Ou son orgueil y était-il aussi pour quelque chose ?

À la seconde où Pixie avait prononcé le nom de Devon, certaines pièces du puzzle, jusque-là incompréhensibles, s'étaient mises en place. Devon était le demi-frère anglais de Sev. Il était déjà marié quand Katerina avait fait sa connaissance. C'était sans doute pour cette raison qu'elle avait épousé Tor malgré tout, parce qu'elle était incapable de se projeter dans un futur stable avec un amant ayant déjà une femme et des enfants. Un rapprochement avec

Devon expliquait également son empressement à s'installer à Londres.

Et Sevastiano ?

Tor jura entre ses dents. Sev se serait retrouvé dans une situation impossible, pris entre deux feux. Entre un demi-frère qui n'avait jamais vraiment fait d'efforts pour se rapprocher de lui – il devait le reconnaître – et un autre, Devon, avec qui il avait grandi et entretenait sûrement une meilleure relation. Comment aurait-il pu choisir son camp ?

Congédiée, Pixie rejoignit une autre cabine d'un pas de somnambule. Elle se déshabilla mécaniquement pour se mettre au lit, sans se donner la peine de se démaquiller. Les larmes qu'elle s'efforçait de contenir finirent par avoir le dessus, et elle éclata en sanglots. Ses « cachotteries sordides »… Tor lui avait renvoyé ses propres mots à la figure. Un retour de bâton amplement mérité. Comment avait-elle pu se montrer aussi injuste ? La seule chose sordide dans tout cela était la conduite de Katerina, pas celle de Tor.

Pourquoi remettre son passé sur le tapis en lui donnant le rôle du pire mari au monde ? Elle avait honte de son attitude. Sa jalousie envers Katerina et son orgueil déplacé vis-à-vis du statut d'Alfie n'avaient rien d'adulte. Personne ne pouvait tenir rancune à un homme de porter le deuil de sa première épouse décédée. Elle n'était qu'une gamine égoïste et rongée par l'envie, et maintenant il le savait. Tout cela parce qu'elle lui avait avoué ses sentiments et qu'il l'avait ignorée. Son indifférence l'avait blessée au point de libérer des émotions confuses qui avaient échappé à son contrôle. Ses mots avaient dépassé sa pensée. Elle avait exigé des vérités qui ne la regardaient pas et l'avait forcé à revivre la plus grande tragédie de sa vie. Ses larmes ruisselèrent de plus belle. Elle lui avait dit : « Je t'aime. » Mais était-ce ainsi qu'on traitait la personne que l'on aimait ?

Tor se leva beaucoup plus léger alors que pointaient les premiers rayons du soleil. Il y avait bien longtemps qu'il ne s'était plus senti ainsi. C'était comme une renaissance. L'idée le fit sourire. Depuis des années, il se trompait sur toute la ligne. Il avait passé la nuit à réfléchir, et sa stupidité le stupéfiait lui-même. Peut-être même devrait-il contacter le livre des records.

Pixie, de son côté, se réveilla les yeux gonflés et rougis. Elle avait fini par tomber d'épuisement à force de pleurer. Des traces de mascara striaient l'oreiller, preuve que se coucher avec son maquillage n'était jamais une bonne idée. Elle devait ressembler à un panda… Un panda au moral dans les chaussettes. Un quart d'heure plus tard, des lunettes noires sur le nez afin de cacher la misère, elle quittait sa cabine.

Tor regarda Pixie s'installer à la table du petit déjeuner. Comme toujours, sa tenue épousait ses courbes plantureuses qui avaient le don de le rendre fou, et le soleil jouait avec ses boucles blondes qu'il parait de lumière. Mais c'est son expression troublée qui retint son attention. Le fossé s'annonçait difficile à combler, pressentit-il. Il ne pouvait s'en prendre qu'à lui-même. C'étaient ses propres erreurs qui les avaient conduits dans cette situation.

Par contraste avec ses parents, le petit Alfie débordait d'énergie. Il accueillit sa mère avec un grand sourire et tendit les bras vers elle. Comme elle ne cédait pas, chose inhabituelle chez Pixie, Tor l'extirpa de sa chaise haute. Il le plaça sur ses genoux et le fit jouer au cheval, pour le plus grand plaisir du petit garçon qui se mit à rire aux éclats.

— Il faut qu'il mange, lui reprocha Pixie avec humeur.

— On peut bien s'amuser un peu, répondit Tor en souriant. Alfie est un enfant très tactile. Sofia était beaucoup plus réservée.

Pixie leva la tête, déconcertée par cette référence spontanée à sa fille.

— Vraiment ?

— Oui. Katerina me tenait souvent à l'écart. Je me disais qu'elle était juste une mère possessive. Même quand elle a refusé que j'assiste à l'accouchement, je n'ai rien soupçonné. Mais elle avait mauvaise conscience, car elle savait que Sofia n'était pas de moi.

— Oh !

Pixie assimilait ces révélations, sans comprendre ce qui pouvait pousser Tor à sortir si soudainement de son silence concernant Katerina.

— Je n'ai rien compris, à l'époque. Ni même après coup, murmura-t-il. Je ne suis pas très doué pour ces choses-là.

— Non, convint Pixie, un peu gênée. Tu es très fort en affaires. Mais les émotions des gens, c'est moins ton rayon.

— Merci pour l'euphémisme.

Pixie prit son courage à deux mains pour lui dire ce qu'elle avait sur le cœur.

— J'ai été injuste envers toi, hier soir, commença-t-elle.

— Non, j'avais tort, l'interrompit-il. C'est toi qui avais raison.

Son mea-culpa catégorique la souffla. Elle tentait de se faire pardonner, et il lui coupait l'herbe sous le pied ? Tout cela la dépassait. Mais elle avait si peur de commettre un nouvel impair qu'elle garda le silence. Le trajet vers l'aéroport et le vol vers Londres se passèrent sans que le sujet soit de nouveau abordé.

Alors que la limousine s'arrêtait devant sa villa londonienne, Tor se tourna vers elle :

— J'aimerais que tu me donnes ton avis sur cette maison. Après tout, elle n'était pas censée accueillir une famille quand je l'ai achetée.

— Elle est immense et luxueuse. Il y a un grand jardin. Que veux-tu que je trouve à redire ? répondit-elle avec un haussement d'épaules.

Après une grande inspiration, Tor la surprit.

— Peut-être voudrons-nous agrandir la famille, un jour.

— Tu n'es pas sérieux ! s'exclama Pixie, abasourdie. Non, tu peux tirer un trait sur cette idée.

Un autre enfant ? C'était une plaisanterie ! Une fois de plus, leurs attentes divergeaient diamétralement. Alfie la comblait. Elle ne voulait pas d'une plus grande famille. Non… Elle ne voulait pas d'une plus grande famille *sans amour*, rectifia-t-elle, le cœur serré. Si Tor ne pouvait l'aimer, qu'avait-il à lui offrir ? Elle s'en voulait d'être aussi déraisonnable. Tor était un mari formidable et un amant hors pair. Il faisait tout à la perfection, comme s'il avait été programmé à la naissance. Elle était prête à parier qu'il n'oublierait jamais son anniversaire. Ce n'était pas de l'amour, mais qui était-elle pour exiger plus ? Il lui avait annoncé dès le début qu'il ne se sentait pas capable d'aimer à nouveau. Il s'était montré honnête avec elle.

L'inverse n'était pas vrai. Elle avait accepté ses termes, tout en se languissant secrètement de ce qu'il ne pouvait lui donner. Consciente de ses torts, elle ravala sa déception. Elle ne devait pas continuer à réagir ainsi. Seul l'avenir importait, tant pis s'il n'était pas parfait. Tor voulait d'autres enfants, et elle aussi, au fond. Alors pourquoi l'avoir rabroué à la seconde où il avait mentionné cette idée ?

Isla avait déjà couché Alfie lorsque Pixie entra dans la nursery. La nourrice partait voir sa famille en Écosse, et Pixie, tout en appréciant son aide, se réjouissait d'avance d'avoir à nouveau son fils tout à elle pendant quelques jours. Après lui avoir souhaité un bon voyage, elle se rendit dans la chambre où Tor, semblait-il, l'attendait, debout près de la fenêtre.

— J'ai quelque chose à te dire, annonça-t-il en la voyant.

Une autre mauvaise nouvelle ? Pixie fut tentée de faire demi-tour. Elle avait les nerfs à fleur de peau, tenaillée par le doute et les regrets. Une nouvelle dispute était au-dessus de ses forces.

— C'est important. Tu devrais t'asseoir, lui conseilla Tor.

Pixie se laissa tomber sur le bord du lit, instinctivement sur la défensive. Tor affichait une expression fermée, mais une tension palpable émanait de lui par vagues. C'était la première fois qu'elle le voyait si hésitant depuis le soir de leur première rencontre.

— Que se passe-t-il ?

— J'ai beaucoup réfléchi, et mon point de vue a changé, commença-t-il. S'il te plaît, essaye de ne pas m'interrompre. Je n'ai pas l'habitude de parler de ces choses-là. Je ne voudrais pas m'embrouiller…

— Tu me fais peur, murmura Pixie avant de plaquer aussitôt une main sur sa bouche.

Elle n'avait pas eu l'intention de dire cela tout haut.

— Désolée.

— Tu n'as aucune raison d'avoir peur, dit-il avec un sourire qui la rassura.

Ce ne devait pas être si grave s'il était capable de sourire ainsi. Mais le silence se prolongea, et Tor se mit à arpenter nerveusement la chambre. Il se passa nerveusement une main dans les cheveux.

— J'ai honte de l'admettre, mais Katerina et moi n'étions pas amoureux. Pas comme nous pensions l'être quand nous nous sommes fiancés. Pour son malheur, elle l'a compris avant moi.

Pixie demeura bouche bée. Elle s'était attendue à tout sauf à un tel aveu. Pour elle, Katerina était son coup de foudre d'enfance. Son premier grand amour et son âme sœur.

— Il n'y avait pas de passion entre nous, continua-t-il. Cela m'était égal. Nous nous connaissions depuis toujours et nous nous entendions bien. Nous venions du même milieu. Nos parents étaient amis. Pour moi, c'était la garantie d'un bon mariage.

Il secoua la tête.

— Je n'avais que vingt ans, mais je pensais tout savoir. Je me croyais mature simplement parce que je voulais me marier jeune. Mes parents ont eu beau essayer de m'en dissuader, je ne les ai pas écoutés. Je croyais être amoureux de Katerina. Aujourd'hui, je sais que ce que je ressentais était plus une profonde amitié, faite d'admiration et de loyauté. Ce n'est pas ce qui unit un mari et une femme sur le long terme. J'imagine qu'elle aussi croyait m'aimer, avant de découvrir ce qu'était vraiment l'amour en rencontrant Devon.

— Devon ne devait pas être prêt à quitter sa femme pour elle, ou leur liaison n'aurait pas duré aussi longtemps, avança prudemment Pixie.

Tor haussa les épaules.

— Qui sait ? Mais prendre conscience de cela m'a aidé à mieux accepter ce qui est arrivé. Je crois que depuis des années je me sentais coupable envers Katerina, car une part de moi savait que je ne l'aimais pas comme elle méritait d'être aimée.

— Mais c'était réciproque. Tu ne peux pas continuer à endosser seul cette responsabilité, intervint Pixie avec douceur. Mais c'est très positif que tu sois enfin capable de prendre du recul.

— Ma mauvaise conscience m'empêchait de tourner la page. Je me sentais fautif. Je tenais à elle, mais je n'aurais pas dû provoquer cette dispute, ce soir-là…

— Assez, le coupa-t-elle. Fini de s'autoflageller et de vouloir changer le passé. Katerina aussi a fait un choix, celui de te mentir. Elle a choisi de te cacher ses sentiments pour un autre homme et la vérité sur Sofia. Elle a pris le volant dans un état d'extrême agitation. C'est cette ultime décision qui provoqué l'accident.

— C'est vrai, concéda Tor. Rien ne serait arrivé si elle ne m'avait pas menti. Je l'aurais laissée partir. Avec des scrupules, mais jamais je ne l'aurais retenue contre son gré si elle n'avait pas été heureuse avec moi. Toi, en revanche…

Une flamme s'alluma dans ses yeux d'ébène. La bouche de Pixie s'assécha.

— Je t'enfermerais au sommet d'une tour, et moi avec. Je ne serais ni raisonnable ni compréhensif, non… Je suis bien trop jaloux et possessif avec toi.

Pixie s'empourpra.

— Et pourquoi un tel traitement pour moi ? Non que j'envisage d'aller voir ailleurs, se hâta-t-elle de préciser.

Tor émit un petit rire.

— Si j'ai compris que je n'étais pas amoureux de Katerina, c'est parce que j'ai enfin découvert ce qu'était l'amour. Je n'avais jamais aimé avant, admit-il. Quand tu es réapparue dans ma vie, j'ai commencé à agir bizarrement, car je ne comprenais pas ce que tu me faisais ressentir. Je t'ai dit que j'étais incapable de retomber amoureux. En réalité, j'étais en train de tomber amoureux pour la première fois… De toi.

Il eut une grimace penaude.

— Je suis un peu long à la détente. L'introspection n'est pas mon truc. Je n'analyse pas mes sentiments, je réagis à l'instinct. Cela a été un peu les montagnes russes pour moi, émotionnellement.

Pixie n'osait croire ce qu'elle entendait. Sa stupeur était telle qu'elle en perdit sa voix. Au grand dam de Tor, dans l'expectative.

— J'espérais que t'ouvrir mon cœur arrangerait les choses, reprit-il, presque implorant. Tu m'aimes. Je t'aime aussi. N'est-ce pas suffisant ?

La sincérité dans sa voix arracha Pixie à sa léthargie. Comment avait-elle pu être aussi aveugle ? Peut-être ignorait-il ce qu'il ressentait, mais *elle* aurait dû le deviner ! Son désir constant d'être avec elle, de la toucher, de renforcer leur intimité, était le signe indéniable que ce qu'il éprouvait pour elle dépassait la simple volonté d'être un partenaire attentif.

— Je n'ai rien compris. J'étais si envieuse de ton amour pour Katerina… Cela m'a rendue irrationnelle. Mais je t'aimais quand même. Je t'aimais et je voulais plus…, balbutia-t-elle

— Il n'y a rien de mal à cela.

Il l'entoura de ses bras.

— Moi, je te veux corps et âme, de toutes les manières possibles. Je n'ai jamais rien ressenti d'aussi fort de toute ma vie, confessa-t-il d'une voix rauque. Te voir malheureuse m'est insupportable.

Sa bouche se referma sur la sienne, ardente et possessive.

Quelques instants plus tard, leurs vêtements jonchaient le sol, et ils basculaient ensemble sur le lit. Il la prit sans ménagement, dans une étreinte quasi animale. Pixie adorait cela. Le plaisir avait quelque chose d'encore plus satisfaisant maintenant qu'elle savait qu'il l'aimait. Elle n'avait plus à se languir de quelque chose qu'elle croyait hors d'atteinte. Son bonheur était complet. Ou presque... Une décharge de dix mille volts la foudroya, et tous les fragments de son être se rassemblèrent dans une jouissance tant physique qu'affective. Enfin, elle connaissait la plénitude absolue.

— Je ne me pardonnerai jamais de ne pas m'être souvenu de toi, ce jour-là, dans mon bureau, marmonna Tor en la serrant contre lui.

Pixie pressa un index sur ses lèvres.

— Ce qui est fait est fait. On ne peut pas revenir sur la façon dont notre histoire a commencé.

— Tu n'étais plus la même sans tes cheveux verts, la taquina-t-il. J'étais si méfiant que je ne voyais que ton ventre rond. Nous avons eu de la chance de nous retrouver.

Ses yeux noirs étincelèrent, remplis d'amour.

— Notre rencontre est un cadeau du destin. Pour moi, tu es la seule et l'unique. Je t'aime tellement...

La seule et l'unique ? Le cœur de Pixie se gonfla d'une joie indicible.

— Pourquoi n'as-tu rien répondu quand je t'ai dit : « Je t'aime » ? demanda-t-elle.

Il eut un rire embarrassé.

— Parce que je suis un idiot. Ce n'est qu'hier soir que j'ai enfin pris conscience de mes sentiments. Pour toi. Pour Katerina. Tu n'as jamais vécu dans son ombre. Notre conversation m'a ouvert les yeux, sur le passé, mais aussi sur le présent.

— Et l’avenir ? Moi aussi, tout compte fait, j’aimerais agrandir la famille d’ici un an ou deux… Désolée d’avoir été si dure quand tu m’en as parlé tout à l’heure, s’excusa-t-elle. Ces dernières vingt-quatre heures ont été un véritable ascenseur émotionnel.

— Cela en valait la peine, affirma Tor en penchant la tête vers elle.

Ses lèvres butinaient les siennes quand un babillement provenant de la nursery fit reculer Pixie.

— Alfie est réveillé.

Elle sauta du lit et se rhabilla en hâte.

— Isla est en congé, au cas où tu l’aurais oublié.

— Ah ! alors on va devoir être de vrais parents, plaisanta Tor.

Il se leva à son tour, parfaitement à l’aise dans sa nudité. Pixie le suivit des yeux, partagée entre désir et amusement.

— Oui, Tor. Et en tant que parent, ton devoir est de mettre des vêtements.

— Merci pour la leçon. Au fait, est-ce que je t’ai dit à quel point je t’aimais ?

— Moi, je t’ai aimé au premier regard. Je gagne haut la main, répliqua-t-elle avec espièglerie.

— Hum ! Tu me mènes à la baguette depuis le début. Personne d’autre n’a jamais réussi un tel exploit. Peut-être es-tu vraiment une fée de la forêt.

Pixie éclata de rire.

— On ne le saura jamais, car je ne me teindrai plus jamais les cheveux en vert, dit-elle en l’embrassant tandis qu’il enfilait son jean.

— Et moi, *agapi mou*, je ne laisserai plus rien ni personne nous séparer, promit-il avec ferveur.

Et à la façon dont il la serra dans ses bras, elle sut qu’il tiendrait parole.

Épilogue

Deux ans plus tard

Pixie se réjouissait à l'idée de passer un merveilleux Noël dans la grande villa familiale surplombant la Tamise. Avec son immense jardin et sa ribambelle de chambres, leur nouvelle maison était idéale pour recevoir, et c'était toujours avec plaisir qu'ils y hébergeaient famille et amis.

Bien que cela n'ait pas été son intention première, Pixie avait quitté son travail. Au début, elle profitait simplement du luxe de passer du temps avec son fils quand bon lui semblait. Mais à mesure qu'elle s'adaptait à sa nouvelle vie, son emploi du temps s'était rempli. Tor soutenait diverses œuvres de bienfaisance, dont une liée au domaine médical dans laquelle elle s'était beaucoup investie. Elle avait pris conscience du rôle déterminant des collectes de fonds dans le financement de nombreuses actions et avait décidé de se consacrer pleinement à cette activité.

L'installation dans la nouvelle maison l'avait également bien occupée. Elle avait pris plaisir à décorer et à choisir chaque meuble de leur petit nid douillet, d'autant plus qu'il allait accueillir un nouvel habitant. Enceinte de six mois, elle débordait d'énergie, contrairement à la première fois. Bien sûr, tout était différent, aujourd'hui. Elle menait une vie heureuse et stable, soutenue à chaque étape de sa grossesse. L'amour de Tor l'avait changée. Il lui avait insufflé une plus grande confiance en elle. Passé le choc initial, quelle n'avait été leur joie d'apprendre qu'elle attendait des faux jumeaux ! Alfie, à présent âgé de trois ans, leur apportait déjà tant de bonheur au quotidien !

Elle sourit en voyant le petit garçon entraîner Hallas Sarantos vers sa rutilante voiture électrique sur la terrasse. Le vieil homme tenta de lui expliquer qu'il était bien trop grand pour monter dedans. Dépité, Alfie fronça les sourcils exactement à la manière de Tor, avant de se résigner à faire une simple démonstration à son grand-père de ses talents de conducteur.

Tor s'était enfin décidé à lever le voile sur la réalité de son premier mariage. Ses révélations avaient provoqué choc et consternation au sein de sa famille. Mais tout le monde comprenait mieux ce qu'il avait ressenti ces six dernières années. L'atmosphère s'en trouvait apaisée, comme si un poids invisible s'était soudain envolé. Pixie s'entendait particulièrement bien avec Sev, qu'elle avait peu à peu appris à connaître après que Tor et lui se furent expliqués. Sev allait-il passer les fêtes avec eux ? Ou sur une plage Dieu sait où à faire la fête en compagnie d'une énième conquête ? La question restait en suspens. L'Italien était un séducteur invétéré, libre de toute attache et profondément cynique. Mais contre toute attente, lui et Tor étaient devenus très proches malgré leurs débuts chaotiques.

Un immense sapin de Noël trônait dans le salon, près de la cheminée où crépitait un feu de bois. De délicates guirlandes de perles ornaient ses branches, serpentant entre des boules chatoyantes dont les reflets multicolores dansaient sur le marbre poli du foyer. Le résultat était splendide, pour la plus grande fierté de Pixie. Elle avait passé tant de temps à dénicher les plus belles décorations depuis son tout premier Noël avec Tor et Alfie ! Chacune était désormais associée à de précieux souvenirs. Parmi elles, quelques ornements moins haut de gamme, hérités de ses parents, lui rappelaient son enfance heureuse avec eux.

Son attention se porta sur Jordan, à genoux par terre auprès d'une fillette de cinq ans, Tula, la fille de sa nouvelle petite amie, Suzy. Leur couple était encore récent, mais Pixie croisait les doigts pour qu'il dure. Son frère avait beau avoir reconstruit sa vie, elle savait qu'il avait besoin de le faire pour quelqu'un. Suzy, espérait-elle, était la femme qu'il lui fallait, à même de le soutenir et de le canaliser.

Le chemin de la guérison avait été long et difficile, émaillé de rechutes et d'épisodes dépressifs. Mais Jordan avait surmonté tous les obstacles. Il avait trouvé un endroit où vivre à ses frais et, un an plus tôt, un emploi au sein d'une association caritative sans accès à de l'argent. C'est là-bas qu'il avait rencontré Suzy. Tor, progressivement, apprenait à accepter Jordan. Sous l'influence de Pixie, il devenait plus tolérant des faiblesses des autres. En parlant du loup…

Tor entra dans le salon, Alfie agrippé à son pantalon. Leurs regards se happèrent l'espace d'un instant. Mais très vite, il fut pris d'assaut par sa famille, arrivée le jour même alors qu'il était encore au bureau.

— Mon fils vous adore, lui murmura sa belle-mère dans un sourire. Vous êtes la femme dont j'ai toujours rêvé pour lui.

— Je l'adore aussi, répondit Pixie avec émotion.

— Et bientôt deux autres bébés dans nos vies… J'ai toujours rêvé d'avoir plein de petits-enfants !

— Trois, c'est déjà pas mal, déclara Pixie en riant.

— Nous verrons…

Entre-temps, Tor avait enfin réussi à la rejoindre.

— J'ai besoin de prendre une douche et de me changer, dit-il en frottant son menton rugueux, avec l'air de suggérer que son allure laissait à désirer.

Comme si c'était possible, songea Pixie. Puis, sans crier gare, il lui prit la main et l'entraîna vers l'escalier.

— Prenez votre temps, les tourtereaux, lança Pandora avec un sourire entendu.

Dans leur chambre, Pixie arqua un sourcil interrogateur.

— Et ta douche ?

— Après, répondit Tor d'un ton suggestif tout en ôtant sa veste.

L'effet se fit aussitôt ressentir entre ses reins. Au vu de la bosse tendant son pantalon, Tor était dans le même état. En deux ans, leur désir mutuel ne s'était jamais démenti. Rien ne semblait devoir éteindre ce feu qui les consumait l'un et l'autre. Son regard erra sur son corps taillé à la perfection, et quelque chose succomba en elle. Elle se jeta à son cou avec une passion qu'elle avait depuis longtemps cessé de chercher à brider. Leur baiser torride lui donna le vertige.

— Tu es si sexy, *agapi mou*…

Pas autant que toi. Mais Pixie garda pour elle ce compliment qui l'embarrasserait à coup sûr.

— Ce Noël s'annonce encore plus beau que les autres, lança-t-elle joyeusement. Nous avons de la chance. Tous les gens que nous aimons sont là pour le fêter avec nous.

— Moi, je n'ai besoin que de toi, déclara Tor avec une intensité qui l'émut. Et d'Alfie. Et des jumeaux.

Il posa une main possessive sur son ventre arrondi.

— Jamais je ne me serais cru capable d'aimer quelqu'un comme je t'aime.

— C'est la magie des cheveux verts, plaisanta-t-elle.

— Non, c'est notre premier baiser explosif. Je suis du genre physique, affirma-t-il en commençant à l'effeuiller. Tu crois que ce sera des garçons ou des filles, cette fois ? Avec mes trois frères, je penche pour des garçons.

— Et moi, pour des filles.

Ils avaient tous les deux raison. Trois mois plus tard, Pixie donnait naissance à un garçon et à une fille, qu'ils prénommèrent Romanos et Zoé. Ils étaient les parents les plus heureux du monde, fiers de leur famille unie par un amour inconditionnel.

Un roi pour patron, de Millie Adams - N°4411

Rien ni personne ne résiste au roi Matteo de la Cruz. Aussi est-il stupéfait quand Livia, sa parfaite assistante dont il ne sait plus se passer, refuse sa demande en mariage. Certes, il ne s'agirait entre eux que d'un arrangement dénué de sentiments mais Livia, qu'il a autrefois sortie du ruisseau, n'en tirerait que des avantages… Or, alors qu'il essaye de la faire revenir à la raison, Livia pousse l'affront jusqu'à lui présenter sa démission. Un rejet que Matteo n'est pas prêt à accepter. Bientôt, son assistante sera sa reine !

Un secret à Noël, de Sharon Kendrick - N°4412

Embauchée comme serveuse à l'occasion d'un gala de Noël, Hollie tombe sous le charme de Maximo Diaz, un irrésistible milliardaire espagnol. Aussi, quand celui-ci l'invite à partager une nuit avec lui – une seule ! –, cède-t-elle à la tentation, tout en sachant que cet homme restera à jamais hors d'atteinte. Mais voilà que peu de temps après cette parenthèse passionnée Hollie se découvre enceinte. Désormais, elle n'a d'autre choix que de se rendre au château de l'homme solitaire et envoûtant qui lui a fait perdre la raison, pour lui révéler qu'il sera bientôt père…

Le retour de Duarte Avelar, d'Amanda Cinelli - N°4413

Duarte a vécu l'enfer. Revenu d'entre les morts, il s'est battu pour rentrer chez lui, alors que tous le croyaient disparu à jamais. Pressé de renouer avec la vie qui lui a été arrachée – celle d'un milliardaire à qui tout réussit –, il doit d'abord recouvrer la mémoire. Or la clé de ses souvenirs pourrait bien être une jeune femme qui hante ses nuits. Sitôt qu'il l'a identifiée, Duarte se précipite donc à Rio pour trouver Nora Beckett, sans savoir quel lien existe entre eux. Et c'est avec stupeur qu'il découvre que la belle attend un enfant de lui !

Une reine à New York, de Natalie Anderson - N°4414

Prendre la place de sa jumelle. Au départ, l'idée paraissait séduisante à la reine Jade. Quitter son palais de Monrova – et ses devoirs – pour passer Noël à New York lui semblait même le comble de l'audace. Seulement voilà, avant de pouvoir profiter de sa liberté, elle doit affronter Alvaro Byrne, le patron de sa sœur. Saura-t-elle convaincre cet homme exigeant et autoritaire qu'elle est sa précieuse collaboratrice ? Surtout, parviendra-t-elle à ignorer le désir qu'il fait naître en elle pour jouer son rôle ?

Séduction au palazzo, de Julia James - N°4415

Jenna retient son souffle, tandis qu'elle pénètre dans le *palazzo* du signor Evandro Rocceforte. C'est là, au cœur de la campagne piémontaise, qu'elle vivra quelques semaines en tant que tutrice de la petite Amélie, la fille du maître des lieux. Si cette perspective la réjouit de prime abord, Jenna ne tarde pas à prendre peur. En effet, la cohabitation avec son mystérieux patron pourrait s'avérer plus difficile que prévu, si elle en croit la passion qui brûle aussitôt entre eux, intense et interdite…

L'hiver d'une princesse, de Leah Ashton - N°4416

Alors qu'elle s'apprête à épouser un homme qu'elle n'aime pas, Ana, princesse de Vela Alda, prend la fuite. Persuadée d'avoir fait le bon choix, elle doit toutefois trouver un refuge, et vite. Et c'est chez Rhys North, un expert en sécurité ami de son frère, qu'elle pose ses bagages. Auprès de cet homme protecteur, elle espère échapper au scandale provoqué par ses noces interrompues. Mais c'est une tout autre rumeur qui menace bientôt sa fragile sérénité. Conquise par Rhys, Ana entame une liaison avec lui – et se retrouve enceinte…

Une promesse à honorer, de Jessica Gilmore - N°4417

Sous le choc, Amber aperçoit dans la foule le prince Tristano Ragrazzi. Loin d'être un inconnu pour elle, cet homme est l'incarnation de l'existence dorée mais dénuée de liberté qu'elle a fuie huit ans auparavant. Promise autrefois à Tristano, elle a en effet brisé leur mariage arrangé sans un mot, pour se fondre dans l'anonymat. Impossible aujourd'hui de renier plus longtemps son titre de princesse et les responsabilités qui lui incombent, car Tristano exige qu'elle rentre avec lui au palais d'Elsornia et qu'enfin elle l'épouse !

Des jumeaux pour un milliardaire,
de Lynne Graham - N°4418

SÉRIE : *LES MARIÉES DE NOËL* - 2/2

Amy accueille toujours Noël avec joie – sans doute parce qu'elle a été privée de fêtes toute son enfance. Mais cette année son bonheur est à son comble. Depuis sa rencontre avec Sevastiano Cantarelli, elle se sent pousser des ailes… au point qu'elle finit par s'abandonner à la passion entre ses bras. Un moment d'égarement qu'elle ne tarde pas à regretter, hélas ! Car tout en prenant conscience que Sevastiano ne partagera jamais ses sentiments Amy découvre qu'elle attend des jumeaux de lui…

Son ennemi pour amant, de Kate Summer - N°4419

SÉRIE : *LES TSARAKIS* - 3/3

Se venger de l'homme à cause duquel il a perdu sa famille et l'atteindre dans ce qu'il a de plus cher, c'est le seul objectif de Theo Tsarakis. Pourtant, quand il rencontre la belle-fille de son ennemi pour lui annoncer que le contrat qui aurait pu lancer sa carrière de jeune photographe est annulé, il se sent étrangement déstabilisé. Juliet est belle, pleine de charme, terriblement séduisante… Devant son regard innocent, Theo se sent soudain incapable de s'en prendre à elle. Avant de trouver la solution à son dilemme : il fera de Juliet sa maîtresse, avant de la quitter en lui révélant qui est réellement ce beau-père qu'elle adore…

Un trône pour Noël, de Nina Milne - N°4420

SÉRIE : *NOËL ROYAL À CASAVALLE* - 3/3

Gabriella vient tout juste de découvrir qu'elle est une princesse, l'héritière du trône de Casavalle. Et elle a les plus grandes difficultés à s'adapter à son nouveau statut royal. Alors qu'un soir d'hiver elle cherche à oublier son devoir le temps d'une chevauchée, elle rencontre un sublime inconnu qui fait aussitôt battre son cœur. Quelle n'est pas sa surprise d'apprendre bientôt que celui qui l'a conquise d'un seul regard n'est autre que le prince Cesar d'Aguilarez, à qui sa famille la destine ! Gabriella n'a aucune envie de contracter une union de convenance, mais se pourrait-il que devoir et désir se mêlent pour transformer ces noces arrangées en un mariage d'amour ?

À la merci de Dario Olivero, de Kate Walker - N°4421

Afin de décourager un prétendant trop insistant, Alyse a mis au point un plan parfait : elle va séduire un inconnu à la soirée de gala à laquelle elle est invitée. Un plan parfait, vraiment ? En théorie seulement. Car, sous les baisers brûlants de Dario Olivero, cet Italien plus époustouflant que tous les princes de contes de fées, elle se sent happée par la passion. Frappée par un véritable coup de foudre ! Et elle, d'habitude si sage, se laisse surprendre dans une position compromettante par son amoureux éconduit… Désormais, la voilà seule, fuyant dans la nuit. Car son prétendant lui a annoncé qu'il n'hésiterait pas, pour laver cet affront, à se venger d'elle et de sa famille…

OFFRE DÉCOUVERTE !

Vous souhaitez découvrir nos collections ? Recevez **votre 1er colis gratuit* av** **1 cadeau surprise !** Une fois votre colis de bienvenue reçu, si vous souhai continuer à recevoir nos livres, cela se fera automatiquement. Vous recevrez al vos livres inédits** en avant-première.

Vous n'avez aucune obligation d'achat et cette offre est sans engagement de duré

*1 livre offert + 1 cadeau / 2 livres offerts pour la collection Azur + 1 cadeau.
Pour la collection Intrigues : 1er colis à 17,25€ avec 2 livres + 1 cadeau.
**Les livres Ispahan, Sagas, Gentlemen et Hors-Série sont des réédités.

☛ COCHEZ la collection choisie et renvoyez cette page au
Service Lectrices Harlequin – CS 20008 – 59718 Lille Cedex 9 – France

Collections	Références	Prix colis
❑ **AZUR**	Z1ZFA6	6 livres par mois 29,99€
❑ **BLANCHE**	B1ZFA3	3 livres par mois 24,45€
❑ **LES HISTORIQUES**	H1ZFA2	2 livres par mois 17,09€
❑ **ISPAHAN**	Y1ZFA3	3 livres tous les 2 mois 23,85€
❑ **PASSIONS**	R1ZFA3	3 livres par mois 25,89€
❑ **SAGAS**	N1ZFA3	3 livres tous les 2 mois 28,86€
❑ **BLACK ROSE**	I1ZFA3	3 livres par mois 26,19€
❑ **VICTORIA**	V1ZFA3	3 livres tous les 2 mois 26,19€
❑ **GENTLEMEN**	G1ZFA2	2 livres tous les 2 mois 17,35€
❑ **HARMONY**	O1DFA3	3 livres tous les mois 20,16€
❑ **ALIÉNOR**	A1ZFA2	2 livres tous les 2 mois 17,75€
❑ **HORS-SÉRIE**	C1ZFA2	2 livres tous les 2 mois 18,25€
❑ **INTRIGUES**	T1ZFA2	2 livres tous les 2 mois 17,25€

N° d'abonnée Harlequin (si vous en avez un) |_|_|_|_|_|_|_|_|_|

Mme ❑ Mlle ❑ Nom : ____________________

Prénom : ____________________ Adresse : ____________________

____

Code Postal : |_|_|_|_|_| Ville : ____________________

Pays : ____________________ Tél. : |_|_|_|_|_|_|_|_|_|_|

E-mail : ____________________

Date de naissance : ____________________

Date limite : 31 décembre 2021. Vous recevrez votre colis environ 20 jours après réception de ce bon. Offre soumise à acceptation et réservée aux personnes majeures, résidant en France métropolitaine, dans la limite des stocks disponibles. Prix susceptibles de modification en cours d'année. Vous pouvez demander à accéder à vos données personnelles, à les rectifier ou à les effacer. Il vous suffit de nous écrire en nous indiquant vos nom, prénom et adresse à : Service Lectrices Harlequin CS 20008 59718 LILLE Cedex 9. Service Lectrices disponible du lundi au vendredi de 9h à 17h : 01 45 82 47 47.

Harlequin® est une marque déposée du groupe HarperCollins France – 83/85, Bd Vincent Auriol – 75646 Paris cedex 13. SA au capital de 3 120 000€ – R.C. Paris. Siret 31867159100069/APE5811Z.